La vida de
Lazarillo
de Tormes

Director de la colección
Fernando Carratalá

La vida de Lazarillo de Tormes

y _no todo malo_
de sus fortunas
y adversidades

Edición de
María Teresa Otal

CASTALIA
PRIMA

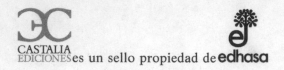

CASTALIA
EDICIONES es un sello propiedad de edhasa

Diputación, 262, 2°1ª
08007 Barcelona
Tel. 93 494 97 20
E-mail: info@castalia.es

Consulte nuestra página web:
https://www.castalia.es
https://www.edhasa.es

Edición original en Castalia: 2005
Primera edición, cuarta reimpresión: junio de 2020

© de la edición: María Teresa Otal Piedrafita, 2012
© de la presente edición: Edhasa (Castalia), 2012

Ilustración de cubierta: Bartolomé Esteban Murillo: *Niño con
perro* (antes de 1660), Museo Estatal del Ermitage, San
Petersburgo

Diseño gráfico: RQ

ISBN 978-84-9740-421-1
Depósito Legal M. 2132-2012

Impreso en Liberdúplex
Impreso en España

Índice

1. Caridad - charity
2. Aprendizaje
3. Visión del clérico

Presentación

La vida de Lazarillo de Tormes y de sus fortunas y adversidades

fachada - para mantener su estatus social (clase)

Para saber más

Presentación

I. El *Lazarillo de Tormes* en los orígenes de la novela moderna

Problemas de autoría

Una de las mayores incógnitas de la literatura española es saber quién es el autor del *Lazarillo*. Porque en la novela Lázaro cuenta su propia vida, pero ¿es creíble que un pobre pregonero, que no sabe leer ni escribir, pueda contar sus vivencias por escrito? ¿O es que «dictaba» y alguien escribía sus recuerdos? Además, ¿quién es ese «Vuesa Merced» a quien dirige el escrito? ¿A qué se debe ese empeño en esconder su auténtica personalidad? Quizá el miedo a posibles represalias —por la carga de crítica social y religiosa que la obra contiene— obligara a este encubrimiento.

Poco tiempo después de la aparición de la novela ya se especulaba con nombres de escritores conocidos y se daban razones, más o menos argumentadas, para sustentar posibles autorías. El primero que se barajó fue el del fraile jerónimo Juan de Ortega, ya que se halló un manuscrito de la novela en su celda. También se atribuyó a Diego Hurtado de Mendoza; e incluso se llegó a pensar que realmente existió un pregonero en Toledo que pudo escribir su vida. Otro nombre señalado fue el de Sebastián de Horozco, por la semejanza de algunos temas que aparecen en el *Lazarillo* y que también se encuentran en las obras de ese escritor.

Actualmente parece que cobra nueva fuerza una teoría —formulada hace ya un tiempo—, y que sostenía que el autor del *Lazarillo* era un hombre culto, de origen converso, muy afín al pensamiento erasmista, y defensor de la llaneza de estilo a la hora de escribir. En concreto, Rosa Navarro ha señalado una serie de concomitancias entre esta novela y la vida y obra de Alfonso de Valdés (1490-1532), que parecen dejar poco espacio para la duda, a pesar de que otro sector de la crítica anota otras razones para seguir sustentando la anonimia de esta novela.

Respecto a la identidad de «Vuesa Merced», tampoco hay opinión unánime: para unos pudo ser un superior de Lázaro que le pide cuentas de un «caso» (la posible mancebía de su mujer con el arcipreste de San Salvador); pero, para la profesora Navarro, se trata de una mujer, que se confesaría con este arcipreste, y a la que Lázaro intentaría tranquilizar con la narración de su vida diciéndole que son falsas las habladurías que circulan sobre su mujer y ese sacerdote.

Fechas de edición y composición

La *Vida del Lazarillo de Tormes, de sus fortunas y adversidades* se publica en 1554 simultáneamente en Burgos, Amberes, Alcalá y Medina del Campo. Algunos eruditos han supuesto que, anteriormente a esa fecha, la novela debió circular durante un tiempo manuscrita, e incluso es muy posible que existiera una edición anterior a aquellas, hecha probablemente en Amberes, en 1553; pero hasta el momento no se han encontrado ejemplares de ella. Siguiendo la opinión prácticamente unánime de toda la crítica, pensamos que la edición de Burgos es la más próxima al original perdido, y su texto fue reproducido con muy escasas variantes por las de Amberes y Medina.

Sin embargo, no sabemos todavía con certeza la fecha de su composición, y sucede algo parecido a lo que vimos con la autoría: mientras unos críticos consideran que fue escrita en el primer tercio del siglo XVI, otros la retrasan hasta unos años muy próximos a 1554.

Argumento, temas, personajes e intención general de la obra

El *Lazarillo* recoge, en forma autobiográfica, las andanzas de un muchacho a quien la pobreza obliga a ponerse al servicio de diversos amos —presentándonos así el panorama social de su tiempo— y a aguzar de continuo el ingenio para no morirse de hambre. Huérfano de padre, y siendo todavía muy niño, su madre lo entrega a un ciego para que, acompañándole y sirviéndole de guía, se gane la vida. Para aplacar el hambre, pues el ciego le daba poco de comer, el muchacho le hace objeto de numerosas travesuras, que son vengadas atrozmente por éste. Tras abandonar al ciego, entra al servicio de un clérigo de Maqueda, más avaricioso que su primer amo, hasta el extremo de que tiene que robarle para poder comer, ingeniándoselas para hacerse con los panes que éste guardaba en un arcón. Sale descalabrado de las manos del clérigo, y pasa a servir a un escudero de Toledo, prototipo del hidalgo dispuesto a morirse de hambre antes que emplearse en algún trabajo útil, y de quien Lázaro con frecuencia se compadece, e incluso recurre a la mendicidad para alimentarlo. Tras abandonar al hidalgo, a quien persiguen sus acreedores, pasa a servir a un fraile de la Merced, de fáciles costumbres, luego a un buldero estafador, después a un capellán y, finalmente, a un alguacil, hasta que encuentra acomodo más estable, consiguiendo ser nombrado pregonero en Toledo y casar con la criada y concubina del arcipreste de San Salvador.

El *hambre* y la *honra* son los dos temas fundamentales de la obra. Desde muy pequeño, Lázaro tiene que ganarse la vida, y entra al servicio de diferentes amos, cuya miserable condición le obliga a recurrir a pequeñas artimañas y raterías para proporcionarse alimentos. Pero la relación cotidiana con la bellaquería de tales amos va conformando una personalidad que lo conducirá al *deshonor*: la ingenuidad y bondadosas inclinaciones del Lázaro de los primeros capítulos de la obra sucumben ante la maldad, que es su gran maestra a lo largo de su vida; y, al final de la obra, acepta, sin escrúpulos de conciencia, un matrimonio deshonroso que le proporciona cierta estabilidad, pues ha aprendido que la honra no da de comer, y que la astucia, el engaño, el desprecio de la opinión ajena... son condiciones indispensables para ascender en la escala social. El hambre y la honra están, pues, en estrecha relación con la crítica social y religiosa: la pobreza, la mezquindad y avaricia, la hipocresía, los defectos de muchos personajes eclesiásticos...; características de una época que el anónimo autor trata con desenfado y un cierto sentido del humor, que suavizan la amargura que se desprende de su relato.

La caracterización psicológica de los personajes produce una asombrosa *impresión de realidad*. Nada ejemplares son los rasgos de los amos a los que Lázaro sirve, especialmente los tres primeros —que es precisamente en los que más se ceba la sátira social del autor—: la astucia, tacañería y mezquindad del ciego —egoísta y cruel—, y de quien Lázaro recibe las primeras lecciones de su «lucha por la vida»; la avaricia y falsedad del clérigo de Maqueda, a quien le hurta —impulsado por el hambre— unos mendrugos encerrados en un arcón; el aparentar lo que no se es que define la conducta del escudero pobre, el cual soporta con dignidad su miseria, y con el que Lázaro comparte la comida que obtiene mendigando. A estos tres amos, sin duda las figuras de más relieve, siguen otros, que tampoco destacan por su ejemplaridad; y así vemos la liberalidad de costumbres y el apego a lo mundano que definen al fraile de la Merced; la prodigiosa habilidad para la estafa que exhibe el buldero; y la hipocresía y lascivia de que hace gala el arcipreste de San Salvador.

Tipos todos estos extraídos de esa sociedad española del siglo XVI en la que malviven instalados mendigos, estafadores, rufianes, soldados sin empleo, frailes sin devoción, clérigos amancebados...; y que configuran una amarga realidad presidida por la miseria moral y en la que una existencia digna no tiene cabida. Con semejante «escuela de la vida» en el paulatino desarrollo de su personalidad, el Lázaro adulto —que no es sino el resultado de las experiencias vitales que le han ido marcando— se incorpora a esa galería de personajes sin escrúpulos morales, a quienes no les importa sobrevivir sin honra; y por eso acepta un matrimonio de conveniencia, casándose con la criada amante de un arcipreste a cambio de la aceptable seguridad económica que le proporciona el oficio de pregonero. Largo camino el recorrido por Lázaro, que *comenzó aguzando el ingenio para hacer frente al hambre y a las privaciones materiales de todo tipo, y que desemboca en la más execrable ruindad moral.*

Estilo y estructura del *Lazarillo*

En el *Lazarillo* se produce una sabia combinación de lengua coloquial y algunos recursos cultos (figuras retóricas relativamente complejas, alusiones eruditas...). Sin embargo, y aunque da cabida a algún periodo subordinado largo que enriquece y matiza el discurso de la voz del narrador, lo que más sobresale en la novela es su economía expresiva, algo que era propio del género epistolar, y que se hace especialmente patente en sus diálogos. Este uso de una *lengua llana y popular* hace que el estilo del *Lazarillo* resulte sencillo y natural, y, como tal, se caracterice por poseer una sintaxis suelta, en la que abundan las construcciones nominales, las enumeraciones, los coloquialismos, los refranes y expresiones proverbiales... Sin embargo, el resultado final es de una elegante *sobriedad*, de una rapidez y agilidad expresivas que la sitúan muy lejos de la retórica y farragosa ampulosidad de los libros de caballerías. A esto hay que añadir el asombroso *realismo* con que retrata escenas, costumbres, lugares...; la *parodia* de géneros consagrados (y, en concreto, de las novelas idealistas); la *ironía* con que penetra en la sociedad del momento; el uso de *simetrías* y *contrastes* —repitiendo o enfrentando situaciones y escenas—; y la aguda *penetración psicológica* que revela su anónimo autor. Todos estos ingredientes son los responsables de que nos encontremos ante una obra escrita con un talento narrativo extraordinario.

A simple vista, la estructura general de la novela es la de una sucesión de cuentos o «*tratados*»; ahora bien, no aparecen de forma yuxtapuesta como en obras anteriores (libros de cuentos de don Juan Manuel, del Arcipreste de Hita, de Chaucer o de Boccaccio), sino que están *integrados* y estructurados en un engranaje superior: Lázaro, ya adulto, e instalado en Toledo, le cuenta a «Vuesa Merced» —en *primera persona*— los sucesos más significativos de su vida para que pueda comprender un «*caso*» sobre el que la gente habla y que, al parecer, también interesa a la persona a la que dirige su historia. Su estructura comprende un Prólogo y siete Tratados, de longitud desigual; y su acierto estriba en que da coherencia a una serie de anécdotas folclóricas que se ensartan en esta autobiografía: con ellas el protagonista, desde su presente, recuerda y reflexiona sobre lo que ha vivido e intenta explicar cómo su situación actual es fruto de las condiciones en las que ha tenido que vivir. En el fondo, el *Lazarillo* es la obra de un autor un tanto determinista, algo que está ejemplificado, a nivel anecdótico, en un hecho que abre y cierra la obra: el hombre que nace hijo de madre que se amanceba, no puede ser más, haga lo que haga, que marido de amancebada.

II. El *Lazarillo* en su contexto

Las primeras ediciones que conservamos del *Lazarillo* son de 1554, y en ella se nos narran con gran verosimilitud algunos momentos de la vida de Lázaro de Tormes, que se convierte así en testigo de singular excepción de esta época de grandeza y miseria, de luces y sombras, que fue el reinado de Carlos I.

En 1516 Carlos I —nieto de los Reyes Católicos, nacido y educado en Alemania— es declarado rey de España, y en 1519 pasa a ser Carlos V, emperador de Alemania. Con el establecimiento del Imperio nuestro país adquiere una dimensión internacional hasta entonces desconocida: se llevó a cabo la vuelta al mundo y la colonización de Méjico y Perú; tuvo lugar el «saco de Roma»; y se realizaron campañas militares victoriosas contra otros estados europeos —fundamentalmente para combatir la herejía protestante— y contra los turcos. Sin embargo, en el interior peninsular, la monarquía autoritaria del primero de los Habsburgo no acababa de ser bien recibida por las consecuencias que trajo consigo: las cortes castellanas habían perdido su antiguo poder; se había colapsado el poder municipal; y los cargos de prestigio los habían copado los nuevos aristócratas flamencos que habían acompañado a Carlos en su venida a España. Esta situación —añadida a la crisis económica— creó un gran descontento entre la nobleza peninsular, y amplios sectores de la población se alzaron en armas contra el monarca (rebelión de las germanías valencianas y baleares, y sublevación comunera castellana), que, no obstante, fueron derrotados por las tropas imperiales en la batalla de Villalar (1521).

Las campañas bélicas no sólo grabaron fuertemente el erario público castellano, sino que también sustrajeron mano de obra al campo que, junto con la conquista y colonización del Nuevo Mundo, harán que se produzca una considerable merma en la población activa. A ello se añadió el hundimiento de la banca castellana y el hecho de que la burguesía industrial y mercantil de origen textil castellano no acabara de despegar. Todo esto originará un empobrecimiento progresivo de las ciudades, que se llenarán de heridos de guerra y de mendigos, hasta tal punto que se tuvieron que promulgar una serie de pragmáticas que regulaban la mendicidad, como la que afectó a Lázaro: «*como el año en esta tierra fuese estéril de pan, acordaron el Ayuntamiento que todos los pobres extranjeros se fuesen de la ciudad, con pregón que el que de allí adelante topasen fuese punido con azotes*» (tratado III).

Los tres primeros amos de Lázaro (el ciego, el clérigo de Maqueda y el escudero) representan, respectivamente, los tres estamentos en los que la sociedad desde la Edad Media adscribía a los individuos: pueblo-clero-nobleza. Cada uno de estos tres estados hacía posible la existencia de los otros dos, y la relación que debía unirlos era la caridad para con el más débil; sin embargo, ninguno de los tres amos la practica con Lázaro: el ciego y el clérigo por avaros y mezquinos, y el hidalgo por pobre. En la novela se traza un fresco muy duro de toda la sociedad española, aunque la clase social que más malparada sale de los ojos del pícaro es la clerecía: a los servidores de la Iglesia el autor los retrata avaros, lujuriosos, falsarios y mercaderes, muy lejanos al ideal que predicaba Erasmo, monje holandés amigo y preceptor de Carlos, que denunciaba la falsedad en la que vivía buena parte del clero católico. Mención aparte merece el hidalgo, ejemplo del último escalón del estamento nobiliario: sin riqueza, pero con *honra*; sacrificará toda su existencia a «aparentar».

Paralelamente al movimiento erasmista y a los brotes protestantes que germinaban en Europa, surge en España un movimiento de regeneración del catolicismo, auspiciado por personalidades como Ignacio de Loyola, Teresa de Jesús o Juan de la Cruz que, sin renegar de ningún principio de su fe, intentan reformar costumbres y hábitos de vida para mejorar conductas. Es el movimiento de la Contrarreforma, cuya argumentación teológica emana del Concilio de Trento (1545-1563). Para la vigilancia de la fe y de los conversos o cristianos nuevos —judíos o moriscos que habían preferido renegar de su antigua fe antes que ser expulsados de España— surgirá el Tribunal de la Inquisición, que, entre otros cometidos, velará por la salud espiritual de los lectores, y prohibirá o expurgará aquellos libros que contengan detalles nocivos para un católico. El *Lazarillo* sufrirá la censura de este Tribunal: fue incluido en el Índice de 1559, y cuando sale de nuevo a la luz en 1573 lo hace censurado.

Por otra parte, en esta época la visión del mundo y del hombre han cambiado respecto a la Edad Media, ya que asistimos al triunfo del Humanismo, con su defensa del «hombre nuevo», que ha de ser bueno tanto para las armas como para las letras. Y, en lo cultural, estamos en pleno Renacimiento, que, como su nombre indica, supone el renacer de la tradición clásica (tanto en temas como en motivos). Esta nueva mentalidad trajo también consigo la valoración de lo sencillo y de lo *natural* en todas las facetas del arte, incluida la literatura. El ideal de lengua del siglo XVI —que predicaba en su *Diálogo de la lengua* Juan de Valdés— era: «escribo como hablo». Y así es como el autor del *Lazarillo* dice que escribe en «*grosero estilo*» (Prólogo), lo que hace que la lengua de esta novela recuerde en muchos momentos la andadura coloquial.

III. La novela picaresca

Suele decirse que la novela picaresca es uno de los fenómenos literarios españoles más importantes del Siglo de Oro. Sin embargo, no es el único producto de la narrativa de ficción del Renacimiento y Barroco, ya que en el gusto de la época tienen cabida tanto obras de carácter *realista*, como novelas de corte *idealista*.

A pesar de que el porcentaje de analfabetos era muy elevado (80%), y de que los libros todavía eran escasos y caros, lo cierto es que había un amplio sector de público que gustaba mucho de «oír» las novelas que personas letradas tenían por costumbre de leer en voz alta para todos aquellos que quisieran escucharlas. Así se entiende que algunos disfrutaran evadiéndose con la fantasía de los libros de caballerías, con las novelas sentimentales, con las historias de pastores idealizados, con las aventuras amorosas narradas en la novela morisca, con los viajes de enamorados del género bizantino... Pero, al mismo tiempo, también gustaban las novelas que hundían sus raíces en los ambientes realistas, e incluso rufianescos y prostibularios que ya aparecían en la *Celestina*. En este contexto literario surge la novela picaresca.

Cuando aparece en la escena de la narrativa española el *Lazarillo* provoca una gran expectación, ya que es una obra diferente al resto de novelas coetáneas. Ahora bien, no nace de la nada, sino que en su génesis hay que tener en cuenta una serie de factores:

● Causas histórico-sociales

Elementos para tener en cuenta en el proceso creador de la novela picaresca estarían, entre otros, la presencia de judíos conversos que no acababan de ser aceptados con normalidad por la sociedad del momento; las tesis erasmistas que criticaban la manera de vivir y entender la fe de parte del clero católico; la presión de la Contrarreforma; y las bolsas de pobreza y marginalidad que llenaban las ciudades españolas (especialmente Toledo y Sevilla).

En muchos momentos la novela picaresca será la respuesta de hombres cultos a esta sociedad que estaba sustentada por unos valores que ellos no compartían; y, a través de sus páginas, ejercerán una crítica demoledora contra creencias, costumbres o situaciones, que sería muy difícil atacar de otro modo.

● Causas literarias

Algunos estudiosos afirman que una de las causas —aunque no la única ni la fundamental—, de la aparición de la novela picaresca fue el *cansancio del idealismo* de la literatura renacentista y el afán por convertir en materia literaria la realidad más modesta.

También contrae una deuda importante con los protagonistas de *El asno de oro,* de Apuleyo, o del *Satiricón,* de Petronio, y con toda la *tradición folclórica* procedente de la cuentística medieval, de la *Comedia Tebaida,* de las novelas de Boccaccio y de la *Celestina,* así como con los modelos clásicos de Luciano y de Plauto. De ahí que, en muchos momentos, el lector de la época percibiera la novela picaresca no sólo en su dimensión de crítica del mundo en el que surge, sino como un producto literario cómico, repleto de chascarrillos, cuya finalidad última sería la de hacer reír.

En cuanto a su estructura general, se adscribe a una corriente de gran auge en el Quinientos: la del género *biográfico* y *epistolar*, narrado en general en forma de cartas de relación y memoriales.

El *Lazarillo* y el *Guzmán de Alfarache* (1599-1604) —de Mateo Alemán— son las dos primeras y fundamentales novelas picarescas. En la primera, que inaugura el género, Lázaro, mozo de muchos amos, no es realmente un pícaro, sino un niño ingenuo al que la vida lo malea y, aunque tiene una bondad natural —que le hace, por ejemplo, compadecerse del escudero (tratado III)—, al final se acomodará a tener buena vida, aunque ello le suponga la pérdida de su honra. Está considerada como germen del nuevo género y alcanzó cierto éxito fuera de España; pero fue la publicación del *Guzmán* la que consolidó esta narrativa, y la que fijó sus principales características.

No es fácil encontrar rasgos estables en las novelas de corte picaresco, pero podemos apuntar los siguientes, que tienen en cuenta tanto su estructura como su contenido:

— Son relatos *autobiográficos*: cuentan, en primera persona, la vida y andanzas de un pícaro; por tanto, hay un único punto de vista, el del protagonista.

— Su protagonista es un *pícaro*, un auténtico antihéroe (en contraposición con los héroes ideales de la novela de caballerías): tiene un origen innoble (sus padres son ladrones, judíos, moros, prostitutas…); manifiesta —en general— poca afición al trabajo; es astuto y, alguna vez, ladrón; no le mueven las grandes pasiones, pero tiene afán de medrar socialmente: intentará imitar a los «honrados», pero no ejerciendo la virtud, sino cultivando las «apariencias», con lo cual lo único que conseguirá es envilecerse más. En el fondo, su gran drama será la soledad, ya que en la novela picaresca no hay cabida para la verdadera amistad.

— Los pícaros suelen ser *mozos de varios amos*, lo cual permite hacer retratos satíricos de todos los estamentos sociales. No aprenderá el ejemplo de las pocas personas honestas que alguna vez en estas novelas aparecen, y siempre se moverá en el mundo de la mendicidad o en el de la marginalidad.

— Usan, por lo general, la *técnica del enfilado*, de la inserción de cuentecillos o elementos tradicionales, que adornan el retrato biográfico. En algunas, como el *Guzmán*, pesan mucho las digresiones morales.

— Toda la narración suele ir encaminada a *justificar el final* de la novela, la situación, generalmente de deshonor, en la que se encuentra el protagonista.

Ahora bien, ni todas estas características están en cada novela picaresca, ni son completamente uniformes, ya que progresivamente se irá abandonando el lenguaje llano y sencillo, y se preferirá la complicación barroca; y, con respecto al pícaro, cada vez será más acanallado, grotesco y caricaturesco, cada vez servirá a menos amos, e incluso en alguna que otra ocasión en vez de ser un hombre será una mujer.

El gran éxito y consolidación de estas novelas se da en el siglo XVII, en el que aparecen *La pícara Justina* (1605), de López de Úbeda; *La vida del escudero Marcos de Obregón* (1618), de Vicente Espinel; el *Buscón* (1626), de Quevedo; la *Vida y hechos de Estebadillo González* (1646)… También contienen rasgos picarescos algunas novelas ejemplares de Cervantes (*Rinconete y Cortadillo*, *El coloquio de los perros*). El género seguirá cultivándose —aunque con transformaciones y modificaciones— en la prosa dieciochesca de Torres Villarroel, e incluso llegará hasta nuestros días, como se ve en *La familia de Pascual Duarte* y en otros relatos breves de Camilo José Cela.

La vida de
Lazarillo
de Tormes
y
de sus fortunas
y adversidades

Prólogo

[Handwritten annotations:]
ironía — clase baja,
ironatea
aumentado a
lectores clásicos
para empezar

durante el renacimiento era
común empezar con
alusiones cultas — a
romanos

Yo por bien tengo que cosas tan señaladas, y por ventura nunca oídas ni vistas, vengan a noticia de muchos y no se entierren en la sepultura del olvido, pues podría ser que alguno que las lea halle algo que le agrade, y a los que no ahondaren tanto los deleite. Y a este propósito dice Plinio que «no hay libro, por malo que sea, que no tenga alguna cosa buena».[1] Mayormente, que los gustos no son todos unos, mas lo que uno no come, otro se pierde por ello.[2] Y así vemos cosas tenidas en poco de algunos, que de otros no lo son. Y esto para que ninguna cosa se debería romper ni echar a mal,[3] si muy detestable no fuese, sino que a todos se comunicase, mayormente siendo

---

[1] Sentencia que el escritor latino *Plinio* el Joven atribuye a su tío Plinio el Viejo (*Epístolas*, III, v. 10). Estos tópicos suelen aparecer en los exordios o introducciones a las obras para acaparar la atención del lector.   [2] 'no todos los gustos son iguales, y lo que a unos no les gusta a otros les encanta'.   [3] 'y esto supone que nada se debería romper ni desechar'.

sin perjuicio y pudiendo sacar de ella algún fruto. Porque, si así no fuese, muy pocos escribirían para uno solo, pues no se hace sin trabajo,[4] y quieren, ya que lo pasan, ser recompensados, no con dineros, mas con que vean y lean sus obras y, si hay de qué, se las alaben. Y a este propósito dice Tulio: «La honra cría las artes».[5]

¿Quién piensa que el soldado que es primero del escala[6] tiene más aborrecido el vivir? No por cierto; mas el deseo de alabanza le hace ponerse al peligro. Y así en las artes y letras es lo mesmo.[7] Predica muy bien el presentado,[8] y es hombre que desea mucho el provecho de las ánimas; mas pregunten a su merced si le pesa cuando le dicen: «¡Oh, qué maravillosamente lo ha hecho vuestra reverencia!». Justó[9] muy ruinmente el señor don Fulano, y dio el sayete de armas[10] al truhán porque le loaba de haber llevado muy buenas lanzas:[11] ¿qué hiciera si fuera verdad?

Y todo va de esta manera: que, confesando yo no ser más santo que mis vecinos, de esta nonada,[12] que en este grosero estilo escribo,[13] no me pesará que hayan parte y se huelguen[14] con ello todos los que en ella algún gusto hallaren, y vean que vive un hombre con tantas fortunas,[15] peligros y adversidades.

---

[4] *trabajo*: esfuerzo. [5] Marco *Tulio* Cicerón (106-43 a.C.) fue un orador y político romano. [6] 'el que va en vanguardia, delante de todos, y, por tanto, con mayor riesgo de perder su vida en el asalto que el resto de soldados'. [7] *mesmo*: mismo. [8] *presentado*: teólogo que espera ser ascendido en su carrera. [9] *justó*: peleó. [10] *sayete de armas*: sayo pequeño que se llevaba colocado bajo la armadura. [11] 'el señor regalaba el sayete al bufón porque le decía que había peleado muy bien'. [12] *nonada*: algo que no tiene importancia. [13] 'estilo sencillo', 'poco rebuscado'. [14] *se huelguen*: se alegren. [15] *fortunas*: desgracias.

Suplico a Vuestra Merced reciba el pobre servicio de
mano de quien lo hiciera más rico si su poder y deseo se
conformaran. Y pues Vuestra Merced escribe se le escri-
ba y relate el caso muy por extenso,[16] pareciome no tomarle por el medio, sino del principio, porque se tenga
entera noticia de mi persona; y también porque conside-
ren los que heredaron nobles estados cuán poco se les
debe, pues Fortuna fue con ellos parcial,[17] y cuánto más
hicieron los que, siéndoles contraria, con fuerza y maña
remando, salieron a buen puerto.

---

[16] 'de una forma detallada'.   [17] 'tuvieron suerte'.

Tratado primero
Cuenta Lázaro su vida y cuyo hijo fue[18]

(handwritten margin notes: "padre: ladrón", "madre: prostituta", "contraste de lugar de nacimiento y genealogía mala", "ironía", "alusión a lo religiosa y heroíca")

Pues sepa Vuestra Merced, ante todas cosas, que a mí llaman Lázaro de Tormes, hijo de Tomé González y de Antona Pérez, naturales de Tejares, aldea de Salamanca. Mi nacimiento fue dentro del río Tormes, por la cual causa tomé el sobrenombre; y fue de esta manera: mi padre, que Dios perdone, tenía cargo de proveer una molienda de una aceña que está ribera de aquel río,[19] en la cual fue molinero más de quince años; y estando mi madre una noche en la aceña, preñada de mí, tomole el parto y pariome allí. De manera que con verdad me puedo decir nacido en el río.

Pues siendo yo niño de ocho años, achacaron a mi padre ciertas sangrías mal hechas en los costales[20] de los que allí a moler venían, por lo cual fue preso, y confesó y

---

[18] 'de quién fue hijo'.   [19] 'se dedicaba a moler el cereal (*molienda*) en un molino harinero (*aceña*) que está en la orilla de aquel río'.   [20] 'algunos robos (*sangrías*) en los sacos que contenían trigo (*costales*)'.

no negó, y padeció persecución por justicia.[21] Espero en Dios que está en la gloria, pues el Evangelio los llama bienaventurados. En este tiempo se hizo cierta armada contra moros,[22] entre los cuales fue mi padre, que a la sazón estaba desterrado por el desastre ya dicho, con cargo de acemilero[23] de un caballero que allá fue. Y con su señor, como leal criado, feneció su vida.[24]

Mi viuda madre, como sin marido y sin abrigo[25] se viese, determinó arrimarse a los buenos, por ser uno de ellos, y vínose a vivir a la ciudad, y alquiló una casilla, y metiose a guisar de comer a ciertos estudiantes, y lavaba la ropa a ciertos mozos de caballos del comendador de la Magdalena,[26] de manera que fue frecuentando las caballerizas.[27]

Ella y un hombre moreno,[28] de aquellos que las bestias curaban,[29] vinieron en conocimiento. Este algunas veces se venía a nuestra casa y se iba a la mañana; otras veces, de día llegaba a la puerta, en achaque de[30] comprar huevos, y entrábase en casa. Yo, al principio de su entrada, pesábame con él y haíale miedo, viendo el color y mal gesto[31] que tenía; mas de que[32] vi que con su venida mejoraba el comer, fuile queriendo bien, porque

---

[21] Alusiones bíblicas (Jn 1, 20 y Mt, 5, 10). [22] Se refiere a la batalla naval de Gelves (1510), que mencionará más adelante. [23] *acemilero*: el encargado de guardar las acémilas (mulas), con las que se llevaba el suministro para los soldados. [24] 'murió'. [25] 'viuda y pobre'. [26] *Comendador* de la *Magdalena*: caballero que tiene «encomienda» ('dignidad' por la que obtiene rentas') en una orden de caballería (en este caso la Magdalena pertenecía a la orden de Alcántara). [27] *caballerizas*: lugar donde se guardaban los caballos. [28] *moreno*: negro. [29] *curaban*: cuidaban. [30] *en achaque de*: con la excusa de. [31] 'le tenía miedo por ser negro y de mala cara'. [32] *mas de que*: pero desde que.

Zaide trató bien a Lázaro

Zaide robó tolo puede cuando trabajó,
y por eso castigó a él y a la madre

siempre traía pan, pedazos de carne, y en el invierno le-
ños, a que[33] nos calentábamos.

De manera que, continuando la posada y conversación,[34] mi madre vino a darme un negrito muy bonito, el
cual yo brincaba y ayudaba a calentar. Y acuérdome que,
estando el negro de mi padrastro trebejando[35] con el mozuelo, como el niño vía[36] a mi madre y a mí blancos, y a él
no, huía de él, con miedo, para madre, y, señalando con
el dedo, decía: «¡Madre, coco!». Respondió él riendo:
«¡Hideputa!».

Yo, aunque bien mochacho,[37] noté aquella palabra de
mi hermanico, y dije entre mí: «¡Cuántos debe de haber
en el mundo que huyen de otros porque no se veen[38] a sí
mesmos!».

esclavo liberado

Quiso nuestra fortuna que la conversación del Zaide,
que así se llamaba, llegó a oídos del mayordomo, y, hecha
pesquisa,[39] hallose que la mitad por medio de la cebada
que para las bestias le daban hurtaba; y salvados, leña,
almohazas, mandiles, y las mantas y sábanas de los caballos hacía perdidas;[40] y cuando otra cosa no tenía, las bestias desherraba, y con todo esto acudía a mi madre para
criar a mi hermanico. No nos maravillemos de un clérigo
ni fraile, porque el uno hurta de los pobres y el otro de
casa para sus devotas y para ayuda de otro tanto,[41] cuando a un pobre esclavo el amor le animaba a esto.

---

[33] *a que*: con los que. [34] *conversación*: relación sexual. [35] *trebejando*: ju-
gando. [36] *vía*: veía. [37] *mochacho*: muchacho. [38] *veen*: ven. [39] 'haciendo
averiguaciones'. [40] 'robaba cáscaras de cereal, leña, cepillos para limpiar caballos, paños, mantas y sábanas de los caballos'. [41] 'no nos sorprenda (*ma-
raville*) que clérigos y frailes hurten a los pobres y al convento (*casa*) para mantener a sus amantes (*devotas*) y a los hijos que con ellas pueden tener (*para
ayuda de otro tanto*)'.

Y probósele cuanto digo y aun más, porque a mí, con amenazas, me preguntaban, y como niño respondía y descubría cuanto sabía con miedo; hasta ciertas herraduras que por mandado de mi madre a un herrero vendí.

Al triste de mi padrastro azotaron y pringaron,[42] y a mi madre pusieron pena por justicia, sobre el acostumbrado centenario,[43] que en casa del sobredicho comendador no entrase ni al lastimado Zaide en la suya acogiese.

Por no echar la soga tras el caldero[44], la triste se esforzó y cumplió la sentencia. Y, por evitar peligro y quitarse de malas lenguas,[45] se fue a servir a los que al presente vivían en el mesón de la Solana;[46] y allí, padeciendo mil importunidades, se acabó de criar mi hermanico hasta que supo andar, y a mí hasta ser buen mozuelo, que iba a los huéspedes por vino y candelas y por lo demás que me mandaban.

En este tiempo vino a posar al mesón un ciego, el cual, pareciéndole que yo sería para adestrarle,[47] me pidió a mi madre, y ella me encomendó a él, diciéndole cómo era hijo de un buen hombre, el cual, por ensalzar la fe, había muerto en la de los Gelves, y que ella confiaba en Dios no saldría peor hombre que mi padre, y que le rogaba me tratase bien y mirase por mí,[48] pues era huérfano. Él respondió que así lo haría y que me recibía no por mozo, sino por hijo. Y así le comencé a servir y adestrar a mi nuevo y viejo amo.

---

[42] *pringaron*: forma de castigo consistente en poner tocino caliente en las heridas que se hacían al azotar a una persona.   [43] 'además de los cien azotes…'.   [44] 'para evitar males mayores'.   [45] 'evitar las murmuraciones'.
[46] *mesón de la Solana*: se encontraba ubicado en lo que es hoy Ayuntamiento de Salamanca.   [47] *adestrarle*: adiestrarle, guiar al ciego llevándole a la diestra.
[48] 'se preocupase de mí', 'me cuidara'.

Como estuvimos en Salamanca algunos días, pareciéndole a mi amo que no era la ganancia a su contento, determinó irse de allí; y cuando nos hubimos de partir yo fui a ver a mi madre y, ambos llorando, me dio su bendición y dijo:

—Hijo, ya sé que no te veré más. Procura de ser bueno, y Dios te guíe. Criado te he y con buen amo te he puesto; válete por ti.

Y así me fui para mi amo, que esperándome estaba.

Salimos de Salamanca y, llegando a la puente,[49] está a la entrada de ella un animal de piedra, que casi tiene forma de toro, y el ciego mandome que llegase[50] cerca del animal y, allí puesto, me dijo:

—Lázaro, llega el oído a este toro y oirás gran ruido dentro de él.

Yo, simplemente,[51] llegué, creyendo ser así. Y como sintió que tenía la cabeza par de la piedra,[52] afirmó recio la mano y diome una gran calabazada en el diablo del toro, que más de tres días me duró el dolor de la cornada, y díjome:

—Necio, aprende, que el mozo del ciego un punto ha de saber más que el diablo.

Y rió mucho la burla.

Pareciome que en aquel instante desperté de la simpleza en que, como niño, dormido estaba. Dije entre mí: «Verdad dice este, que me cumple[53] avivar el ojo y avisar, pues solo soy, y pensar cómo me sepa valer».

---

[49] *puente* en lengua clásica tenía género femenino. [50] *llegase*: me acercase. [51] *simplemente*: inocentemente. [52] 'y cuando notó que tenía la cabeza pegada a la piedra'. [53] *me cumple*: debo.

Comenzamos nuestro camino, y en muy pocos días me mostró jerigonza.[54] Y como me viese de buen ingenio, holgábase[55] mucho y decía:

—Yo oro ni plata no te lo puedo dar; mas avisos para vivir muchos te mostraré.

Y fue así, que, después de Dios, este me dio la vida y, siendo ciego, me alumbró y adestró en la carrera de vivir.

Huelgo de contar a Vuestra Merced estas niñerías para mostrar cuánta virtud sea saber los hombres subir siendo bajos, y dejarse bajar siendo altos cuánto vicio.

Pues tornando al bueno de mi ciego y contando sus cosas, Vuestra Merced sepa que, desde que Dios crió[56] el mundo, ninguno formó más astuto ni sagaz. En su oficio era un águila: ciento y tantas oraciones sabía de coro;[57] un tono bajo, reposado y muy sonable, que hacía resonar la iglesia donde rezaba; un rostro humilde y devoto, que con muy buen continente ponía cuando rezaba, sin hacer gestos ni visajes con boca ni ojos como otros suelen hacer. Allende de esto,[58] tenía otras mil formas y maneras para sacar el dinero. Decía saber oraciones para muchos y diversos efectos: para mujeres que no parían, para las que estaban de parto, para las que eran malcasadas, que sus maridos las quisiesen bien. Echaba pronósticos a las preñadas: si traían hijo o hija. Pues en caso de medicina decía que Galeno[59] no supo la mitad que él para muela, desmayos, males de madre.[60] Finalmente,

---

[54] *jerigonza*: jerga o manera de hablar de ladrones, rufianes y marginados. [55] *holgábase*: se alegraba. [56] *crió*: creó. [57] 'sabía de memoria'. [58] 'además de esto'. [59] *Galeno*: médico griego muy famoso (129-201). [60] *mal de madre*: dolor de la matriz.

nadie le decía padecer alguna pasión[61] que luego no le decía: «Haced esto, haréis esto otro, cosed tal hierba,[62] tomad tal raíz». Con esto andábase todo el mundo tras él, especialmente mujeres, que cuanto les decía creían. De estas sacaba él grandes provechos con las artes que digo, y ganaba más en un mes que cien ciegos en un año.

Mas también quiero que sepa Vuestra Merced que, con todo lo que adquiría y tenía, jamás tan avariento ni mezquino hombre no vi, tanto que me mataba a mí de hambre, y así no me demediaba de lo necesario.[63] Digo verdad: si con mi sotileza[64] y buenas mañas no me supiera remediar, muchas veces me finara[65] de hambre; mas, con todo su saber y aviso, le contaminaba de tal suerte que siempre, o las más veces, me cabía lo más y mejor. Para esto le hacía burlas endiabladas, de las cuales contaré algunas, aunque no todas a mi salvo.[66]

Él traía el pan y todas las otras cosas en un fardel de lienzo,[67] que por la boca se cerraba con una argolla de hierro y su candado y su llave; y al meter de todas las cosas y sacarlas, era con tan gran vigilancia y tanto por contadero,[68] que no bastara hombre en todo el mundo hacerle menos una migaja. Mas yo tomaba aquella lacería[69] que él me daba, la cual en menos de dos bocados era despachada.[70] Después que cerraba el candado y se

61 *pasión*: dolor, enfermedad. 62 'coged tal hierba' (también podría interpretarse como: 'coced tal hierba'). 63 'no me daba ni la mitad de lo que yo necesitaba para vivir'. 64 *sotileza*: sutileza. 65 'me matara'. 66 *a mi salvo*: sin daño para mi persona. 67 'en un saco de tela basta'. 68 'sólo se podía meter y sacar las cosas de una en una (por *contadero*)'. 69 *lacería*: miseria, poca cosa. 70 'me la comía inmediatamente'.

descuidaba, pensando que yo estaba entendiendo en otras cosas, por un poco de costura,[71] que muchas veces del un lado del fardel descosía y tornaba a coser, sangraba el avariento fardel, sacando no por tasa[72] pan, mas buenos pedazos, torreznos y longaniza. Y así, buscaba conveniente tiempo para rehacer, no la chaza, sino la endiablada falta que el mal ciego me faltaba.[73]

Todo lo que podía sisar[74] y hurtar traía en medias blancas,[75] y cuando le mandaban rezar y le daban blancas, como él carecía de vista, no había el que se la daba amagado con ella, cuando yo la tenía lanzada en la boca y la media aparejada, que, por presto que él echaba la mano, ya iba de mi cambio aniquilada en la mitad del justo precio. Quejábase el mal ciego, porque al tiento[76] luego conocía y sentía que no era blanca entera, y decía:

—¿Qué diablo es esto, que después que conmigo estás no me dan sino medias blancas, y de antes una blanca y un maravedí[77] hartas veces me pagaban? En ti debe estar esta desdicha.

También él abreviaba el rezar y la mitad de la oración no acababa, porque me tenía mandado que, en yéndose el que la mandaba rezar, le tirase por cabo del capuz.[78] Yo así lo hacía. Luego él tornaba a dar voces, diciendo: «¿Mandan rezar tal y tal oración?», como suelen decir.

---

71 'por un agujero'. 72 'no con medida', es decir, 'no poco a poco'. 73 'buscaba tiempo para repetir el engaño (*rehacer la chaza*) que me veía obligado a hacer por la penuria que me hacía pasar el mal ciego'. 74 *sisar*: robar. 75 *media blanca*: la *blanca* era una moneda de poco valor y la *media blanca* valía la mitad. 76 *al tiento*: al tocarla. 77 *maravedí*: moneda que equivalía a dos *blancas*. 78 'le tocara la ropa que vestía, disimuladamente, para señalarle que ya se había ido el que quería la oración'.

Usaba poner cabe sí[79] un jarrillo de vino cuando comíamos, y yo, muy de presto,[80] le asía y daba un par de besos[81] callados y tornábale a su lugar. Más turóme[82] poco, que en los tragos conocía la falta y, por reservar su vino a salvo, nunca después desamparaba el jarro, antes lo tenía por el asa asido. Mas no había piedra imán que así trajese a sí como yo con una paja larga de centeno que para aquel menester tenía hecha, la cual, metiéndola en la boca del jarro, chupando el vino, lo dejaba a buenas noches.[83] Mas, como fuese el traidor tan astuto, pienso que me sintió, y dende en adelante mudó propósito, y asentaba su jarro entre las piernas, y atapábale con la mano, y así bebía seguro.

Yo, como estaba hecho al vino,[84] moría por él, y viendo que aquel remedio de la paja no me aprovechaba ni valía, acordé en el suelo del jarro hacerle una fuentecilla y agujero sotil,[85] y delicadamente, con una muy delgada tortilla de cera, taparlo; y al tiempo de comer, fingiendo haber frío, entrábame entre las piernas del triste ciego a calentarme en la pobrecilla lumbre que teníamos, y al calor de ella luego derretida la cera (por ser muy poca), comenzaba la fuentecilla a destilarme en la boca, la cual yo de tal manera ponía, que maldita la gota se perdía. Cuando el pobreto iba a beber, no hallaba nada. Espantábase, maldecíase, daba al diablo el jarro y el vino, no sabiendo qué podía ser.

—No diréis, tío, que os lo bebo yo —decía—, pues no le quitáis de la mano.

---

[79] *cabe sí*: junto a él. [80] *muy de presto*: muy deprisa. [81] *besos*: tragos. [82] *turóme*: me duró. [83] 'bebía tanta cantidad que casi no quedaba'. [84] 'me había acostumbrado a beber'. [85] *sotil*: pequeño.

Tantas vueltas y tientos dio al jarro, que halló la fuente y cayó en la burla; mas así lo disimuló como si no lo hubiera sentido. Y luego otro día,[86] teniendo yo rezumando[87] mi jarro como solía, no pensando el daño que me estaba aparejado[88] ni que el mal ciego me sentía, senteme como solía. Estando recibiendo aquellos dulces tragos, mi cara puesta hacia el cielo, un poco cerrados los ojos por mejor gustar el sabroso licor, sintió el desesperado ciego que ahora tenía tiempo de tomar de mí venganza, y con toda su fuerza, alzando con dos manos aquel dulce y amargo jarro, le dejó caer sobre mi boca, ayudándose, como digo, con todo su poder, de manera que el pobre Lázaro, que de nada de esto se guardaba, antes, como otras veces, estaba descuidado y gozoso, verdaderamente me pareció que el cielo, con todo lo que en él hay, me había caído encima.

Fue tal el golpecillo, que me desatinó y sacó de sentido,[89] y el jarrazo tan grande, que los pedazos de él se me metieron por la cara, rompiéndomela por muchas partes, y me quebró[90] los dientes, sin los cuales hasta hoy día me quedé. Desde aquella hora quise mal al mal ciego y, aunque me quería y regalaba y me curaba, bien vi que se había holgado del cruel castigo. Lavome con vino las roturas que con los pedazos del jarro me había hecho y, sonriéndose, decía:

—¿Qué te parece, Lázaro? Lo que te enfermó te sana y da salud.

Y otros donaires, que a mi gusto no lo eran.

<hr>

[86] *otro día*: al día siguiente.   [87] 'bebiendo gota a gota'.   [88] 'no pensando el mal que se me avecinaba'.   [89] 'hizo que me desmayara'.   [90] *quebró*: rompió.

Ya que estuve medio bueno de mi negra trepa y cardenales,[91] considerando que a pocos golpes tales el cruel ciego ahorraría de mí,[92] quise yo ahorrar de él; mas no lo hice tan presto, por hacerlo más a mi salvo y provecho. Y aunque yo quisiera asentar mi corazón y perdonarle el jarrazo, no daba lugar el maltratamiento que el mal ciego desde allí adelante me hacía, que sin causa ni razón me hería, dándome coscorrones y repelándome.[93] Y si alguno le decía por qué me trataba tan mal, luego contaba el cuento del jarro, diciendo:

—¿Pensaréis que este mi mozo es algún inocente? Pues oíd si el demonio ensayara otra tal hazaña.

Santiguándose los que lo oían, decían:

—¡Mirá[94] quién pensara de un muchacho tan pequeño tal ruindad!

Y reían mucho el artificio, y decíanle:

—Castigadlo, castigadlo, que de Dios lo habréis.[95]

Y él, con aquello, nunca otra cosa hacía.

Y en esto, yo siempre le llevaba por los peores caminos, y adrede,[96] por le hacer mal y daño; si había piedras, por ellas; si lodo, por lo más alto, que, aunque yo no iba por lo más enjuto, holgábame a mí de quebrar un ojo por quebrar dos al que ninguno tenía. Con esto, siempre con el cabo alto del tiento me atentaba el colodrillo,[97] el cual siempre traía lleno de tolondrones[98] y pelado de sus manos. Y aunque yo juraba no lo hacer con malicia, sino por

---

[91] 'cuando ya casi no se me notaba el adorno (*trepa*) de moraduras (*cardenales*) que me había producido el golpe'.   [92] 'se quedaría sin mí', 'me mataría'.   [93] 'haciéndome pequeñas heridas en la piel'.   [94] *Mirá*: mirad.   [95] 'Dios os lo pagará'.   [96] *adrede*: intencionadamente.   [97] 'con la punta del bastón (*cabo alto del tiento*) me tocaba el cogote (*colodrillo*)'.   [98] *tolondrones*: chichones.

no hallar mejor camino, no me aprovechaba ni me creía, mas tal era el sentido y el grandísimo entendimiento del traidor.

Y porque vea Vuestra Merced a cuánto se extendía el ingenio de este astuto ciego, contaré un caso de muchos que con él me acaecieron, en el cual me parece dio bien a entender su gran astucia. Cuando salimos de Salamanca, su motivo fue venir a tierra de Toledo, porque decía ser la gente más rica, aunque no muy limosnera. Arrimábase a este refrán: «Más da el duro que el desnudo». Y venimos a este camino por los mejores lugares. Donde hallaba buena acogida y ganancia, deteníamonos; donde no, a tercero día hacíamos San Juan.[99]

Acaeció que, llegando a un lugar que llaman Almorox[100] al tiempo que cogían las uvas, un vendimiador le dio un racimo de ellas en limosna. Y como suelen ir los cestos maltratados, y también porque la uva en aquel tiempo está muy madura, desgranábasele el racimo en la mano; para echarlo en el fardel, tornábase mosto, y lo que a él se llegaba.[101] Acordó de hacer un banquete, así por no lo poder llevar como por contentarme, que aquel día me había dado muchos rodillazos y golpes. Sentámonos en un valladar,[102] y dijo:

—Ahora quiero yo usar contigo de una liberalidad, y es que ambos comamos este racimo de uvas y que hayas de él tanta parte como yo. Partirlo hemos de esta manera: tú picarás una vez y yo otra, con tal que me prometas

99 'nos íbamos'. 100 *Almorox*: localidad situada cerca de Escalona (provincia de Toledo). 101 'estaba tan madura la uva que ésta y todo lo que entraba en contacto con ella se convertían en mosto'. 102 *valladar*: cerco de estacas, valla.

no tomar cada vez más de una uva. Yo haré lo mesmo hasta que lo acabemos, y de esta suerte no habrá engaño.

Hecho así el concierto,[103] comenzamos; mas luego al segundo lance,[104] el traidor mudó[105] propósito, y comenzó a tomar de dos en dos, considerando que yo debería hacer lo mismo. Como vi que él quebraba la postura, no me contenté ir a la par con él, mas aún pasaba adelante: dos a dos, y tres a tres, y como podía, las comía. Acabado el racimo, estuvo un poco con el escobajo en la mano y, meneando la cabeza, dijo:

—Lázaro, engañado me has. Juraré yo a Dios que has tú comido las uvas tres a tres.

—No comí —dije yo—; mas ¿por qué sospecháis eso? Respondió el sagacísimo ciego:

—¿Sabes en qué veo que las comiste tres a tres? En que comía yo dos a dos y callabas.

Reíme entre mí, y, aunque mochacho, noté mucho la discreta consideración del ciego.

Mas, por no ser prolijo, dejo de contar muchas cosas, así graciosas como de notar, que con este mi primer amo me acaecieron, y quiero decir el despidiente[106] y, con él, acabar.

Estábamos en Escalona, villa del duque de ella, en un mesón, y diome un pedazo de longaniza que le asase. Ya que la longaniza había pringado y comídose las pringadas, sacó un maravedí de la bolsa y mandó que fuese por él de vino a la taberna. Púsome el demonio el aparejo delante los ojos,[107] el cual, como suelen decir, hace al

---

[103] *concierto*: trato.   [104] *lance*: vez, vuelta.   [105] *mudó*: cambió.   [106] 'la anécdota con la que me despedí del ciego'.   [107] 'me puso el demonio la oportunidad delante de los ojos'.

ladrón, y fue que había cabe el fuego un nabo pequeño, larguillo y ruinoso y tal, que no por ser para la olla, debió ser echado allí.

Y como al presente nadie estuviese, sino él y yo solos, como me vi con apetito goloso, habiéndome puesto dentro el sabroso olor de la longaniza (del cual solamente sabía que había de gozar), no mirando qué me podría suceder, pospuesto todo el temor por cumplir con el deseo, en tanto que el ciego sacaba de la bolsa el dinero, saqué la longaniza y, muy presto, metí el sobredicho nabo en el asador, el cual, mi amo, dándome el dinero para el vino, tomó y comenzó a dar vueltas al fuego, queriendo asar al que de ser cocido, por sus deméritos, había escapado.

Yo fui por el vino, con el cual no tardé en despachar la longaniza; y cuando vine, hallé al pecador del ciego que tenía entre dos rebanadas apretado el nabo, al cual aún no había conocido por no lo haber tentado con la mano. Como tomase las rebanadas y mordiese en ellas, pensando también llevar parte de la longaniza, hallose en frío con el frío nabo. Alterose y dijo:

—¿Qué es esto, Lazarillo?

—¡Lacerado[108] de mí! —dije yo—. ¿Si queréis a mí echar algo? ¿Yo no vengo de traer el vino? Alguno estaba ahí y por burlar haría esto.

—No, no —dijo él—, que yo no he dejado el asador de la mano. No es posible.

Yo torné a jurar y perjurar que estaba libre de aquel trueco y cambio; mas poco me aprovechó, pues a las astucias del maldito ciego nada se le escondía. Levantose y

---

[108] *lacerado*: pobre.

asiome por la cabeza y llegose a olerme. Y como debió sentir el huelgo,[109] a uso de buen podenco,[110] por mejor satisfacerse de la verdad, y con la gran agonía[111] que llevaba, asiéndome con las manos, abríame la boca más de su derecho y desatentadamente metía la nariz, la cual él tenía luenga y afilada, y a aquella sazón, con el enojo, se había aumentado un palmo, con el pico de la cual me llegó a la gulilla.[112]

Y con esto, y con el gran miedo que tenía, y con la brevedad del tiempo, la negra longaniza aún no había hecho asiento en el estómago; y lo más principal: con el destiento de la cumplidísima nariz, medio casi ahogándome, todas estas cosas se juntaron, y fueron causa que el hecho y golosina se manifestase y lo suyo fuese vuelto a su dueño. De manera que, antes que el mal ciego sacase de mi boca su trompa, tal alteración sintió mi estómago, que le dio con el hurto en ella, de suerte que su nariz y la negra mal mascada longaniza a un tiempo salieron de mi boca.

¡Oh gran Dios, quién estuviera aquella hora sepultado, que muerto ya lo estaba! Fue tal el coraje del perverso ciego, que, si al ruido no acudieran, pienso no me dejara con la vida. Sacáronme de entre sus manos, dejándoselas llenas de aquellos pocos cabellos que tenía, arañada la cara y rascuñado el pescuezo y la garganta. Y esto bien lo merecía, pues por su maldad me venían tantas persecuciones.

Contaba el mal ciego a todos cuantos allí se allegaban mis desastres, y dábales cuenta una y otra vez, así de la

---

[109] *huelgo*: respiración y olor procedente del estómago. [110] *podenco*: perro rastreador. [111] *agonía*: ansiedad. [112] *gulilla*: epiglotis.

del jarro como de la del racimo, y ahora de lo presente. Era la risa de todos tan grande, que toda la gente que por la calle pasaba entraba a ver la fiesta; mas con tanta gracia y donaire recontaba el ciego mis hazañas, que, aunque yo estaba tan maltratado y llorando, me parecía que hacía sinjusticia en no se las reír.

Y en cuanto esto pasaba, a la memoria me vino una cobardía y flojedad que hice, por que[113] me maldecía, y fue no dejarle sin narices, pues tan buen tiempo tuve para ello, que la mitad del camino estaba andado; que, con sólo apretar los dientes, se me quedaran en casa, y, con ser de aquel malvado, por ventura lo retuviera mejor mi estómago que retuvo la longaniza, y, no pareciendo ellas, pudiera negar la demanda. Pluguiera a Dios que lo hubiera hecho, que eso fuera así que así.[114]

Hiciéronnos amigos la mesonera y los que allí estaban y, con el vino que para beber le había traído, laváronme la cara y la garganta. Sobre lo cual discantaba el mal ciego donaires,[115] diciendo:

—Por verdad, más vino me gasta este mozo en lavatorios al cabo del año, que yo bebo en dos. A lo menos, Lázaro, eres en más cargo al vino que a tu padre,[116] porque él una vez te engendró, mas el vino mil te ha dado la vida.

Y luego contaba cuántas veces me había descalabrado y arpado[117] la cara y con vino luego sanaba.

113 *por que*: por la cual. 114 'si me hubiera tragado su nariz, no podría después decir él que había olido mi aliento y no se tendría en cuenta su demanda' (chiste jurídico), y ojalá lo hubiera hecho, ya que a mí me hubiera dado lo mismo hacerlo que no hacerlo'. 115 'ponía un poco de humor a un suceso tan triste'. 116 'debes más la vida al vino que a tu padre'. 117 *arpado*: arañado.

—Yo te digo —dijo— que si un hombre en el mundo ha de ser bienaventurado con vino, que serás tú.

Y reían mucho los que me lavaban, con esto, aunque yo renegaba. Mas el pronóstico del ciego no salió mentiroso, y después acá muchas veces me acuerdo de aquel hombre, que sin duda debía tener espíritu de profecía, y me pesa de los sinsabores que le hice, aunque bien se lo pagué, considerando lo que aquel día me dijo salirme tan verdadero como adelante Vuestra Merced oirá.

Visto esto y las malas burlas que el ciego burlaba de mí, determiné de todo en todo dejarle, y como lo traía pensado y lo tenía en voluntad, con este postrer[118] juego que me hizo afirmelo más. Y fue así, que luego otro día salimos por la villa a pedir limosna, y había llovido mucho la noche antes; y porque el día también llovía, y andaba rezando debajo de unos portales que en aquel pueblo había, donde no nos mojamos,[119] mas como la noche se venía y el llover no cesaba, díjome el ciego:

—Lázaro, esta agua es muy porfiada, y cuanto la noche más cierra, más recia. Acojámonos a la posada con tiempo.

Para ir allá habíamos de pasar un arroyo, que con la mucha agua iba grande. Yo le dije:

—Tío, el arroyo va muy ancho; mas, si queréis, yo veo por donde travesemos más aína[120] sin nos mojar, porque se estrecha allí mucho, y saltando pasaremos a pie enjuto.

Pareciole buen consejo y dijo:

---

[118] *postrer*: último. [119] *mojamos*: mojábamos. [120] *más aína*: más fácilmente.

—Discreto eres, por esto te quiero bien. Llévame a ese lugar donde el arroyo se ensangosta,[121] que ahora es invierno y sabe mal el agua, y más llevar los pies mojados.

Yo, que vi el aparejo a mi deseo, saquele de bajo de los portales y llevele derecho a un pilar o poste de piedra que en la plaza estaba, sobre el cual y sobre otros cargaban saledizos de aquellas casas, y dígole:

—Tío, este es el paso más angosto que en el arroyo hay.

Como llovía recio y el triste se mojaba, y con la prisa que llevábamos de salir del agua, que encima de nos caía y, lo más principal, porque Dios le cegó aquella hora el entendimiento (fue por darme de él venganza), creyose de mí y dijo:

—Ponme bien derecho y salta tú el arroyo.

Yo le puse bien derecho enfrente del pilar, y doy un salto y póngome detrás del poste, como quien espera tope de toro, y díjele:

—¡Sus! Saltá todo lo que podáis, porque deis de este cabo del agua.

Aun apenas lo había acabado de decir, cuando se abalanza el pobre ciego como cabrón, y de toda su fuerza arremete, tomando un paso atrás de la corrida para hacer mayor salto, y da con la cabeza en el poste, que sonó tan recio como si diera con una gran calabaza, y cayó luego para atrás medio muerto y hendida la cabeza.

—¿Cómo, y olistes la longaniza y no el poste? ¡Olé, olé![122] —le dije yo.

---

121 *se ensangosta*: se estrecha.   122 *Olé, olé*: oled, oled.

Y dejele en poder de mucha gente que lo había ido a socorrer, y tomé la puerta de la villa en los pies de un trote,[123] y antes que la noche viniese di conmigo en Torrijos.[124] No supe más lo que Dios de él hizo, ni curé[125] de lo saber.

[123] 'y abandoné el pueblo muy deprisa'. [124] *Torrijos*: pueblo de la provincia de Toledo. [125] 'ni me preocupé', 'ni intenté'.

Tratado segundo
Cómo Lázaro se asentó con un clérigo, y de las cosas que con él pasó

Otro día, no pareciéndome estar allí seguro, fuime a un lugar que llaman Maqueda,[126] adonde me toparon mis pecados con un clérigo, que, llegando a pedir limosna, me preguntó si sabía ayudar a misa. Yo dije que sí, como era verdad, que, aunque maltratado, mil cosas buenas me mostró el pecador del ciego, y una de ellas fue esta. Finalmente, el clérigo me recibió por suyo.

Escapé del trueno y di en el relámpago, porque era el ciego para con este un Alejandre Magno,[127] con ser la mesma avaricia, como he contado. No digo más, sino que toda la laceria del mundo estaba encerrada en este (no sé si de su cosecha era o lo había anejado con el hábito de clerecía).

---

[126] *Maqueda:* pueblo cercano a Escalona (Toledo). [127] *Alejandre Magno* es Alejandro Magno, emperador persa que ha pasado a la historia por su generosidad.

Él tenía un arcaz[128] viejo y cerrado con su llave, la cual traía atada con una agujeta del paletoque,[129] y en viniendo el bodigo[130] de la iglesia, por su mano era luego allí lanzado y tornada a cerrar el arca. Y en toda la casa no había ninguna cosa de comer, como suele estar en otras: algún tocino colgado al humero,[131] algún queso puesto en alguna tabla o en el armario, algún canastillo con algunos pedazos de pan que de la mesa sobran; que me parece a mí que, aunque de ello no me aprovechara, con la vista de ello me consolara.

Solamente había una horca[132] de cebollas, y tras la llave, en una cámara en lo alto de la casa. De estas tenía yo de ración una para cada cuatro días, y, cuando le pedía la llave para ir por ella, si alguno estaba presente, echaba mano al falsopecto[133] y, con gran continencia, la desataba y me la daba, diciendo:

—Toma y vuélvela luego, y no hagáis sino golosinar.[134]

Como si debajo de ella estuvieran todas las conservas de Valencia,[135] con no haber en la dicha cámara, como dije, maldita la otra cosa que las cebollas colgadas de un clavo, las cuales él tenía tan bien por cuenta que, si por malos de mis pecados me desmandara a más de mi tasa, me costara caro. Finalmente, yo me finaba de hambre.

---

[128] *arcaz*: arca grande.   [129] *paletoque*: especie de capote que llegaba hasta las rodillas, y era sin mangas.   [130] *bodigo*: pan pequeño de leche, que se llevaba a la iglesia como ofrenda.   [131] *humero*: cañón de la chimenea donde se colgaban morcillas, longanizas y otros alimentos para secarlos al humo.   [132] *horca*: ristra.   [133] *falsopecto*: bolsillo situado en el entreforro del sayo, próximo al pecho.   [134] *golosinar*: comer las cosas por el gusto.   [135] *conservas de Valencia*: frutas confitadas (con azúcar y miel), que eran muy apreciadas.

Pues ya que conmigo tenía poca caridad, consigo usaba más. Cinco blancas de carne era su ordinario[136] para comer y cenar. Verdad es que partía conmigo del caldo, que de la carne ¡tan blanco el ojo!, sino un poco de pan, y ¡pluguiera a Dios que me demediara![137]

Los sábados cómense en esta tierra cabezas de carnero, y enviábame por una, que costaba tres maravedís. Aquella le cocía, y comía los ojos y la lengua y el cogote y sesos y la carne que en las quijadas tenía, y dábame todos los huesos roídos. Y dábamelos en el plato, diciendo:

—Toma, come, triunfa, que para ti es el mundo. Mejor vida tienes que el Papa.

«¡Tal te la dé Dios!», decía yo paso entre mí.[138]

A cabo de tres semanas que estuve con él vine a tanta flaqueza, que no me podía tener en las piernas de pura hambre. Vime claramente ir a la sepultura, si Dios y mi saber no me remediaran. Para usar de mis mañas no tenía aparejo, por no tener en qué darle salto,[139] y aunque algo hubiera, no podía cegarle, como hacía al que Dios perdone (si de aquella calabazada feneció), que todavía, aunque astuto, con faltarle aquel preciado sentido, no me sentía; mas este otro, ninguno hay que tan aguda vista tuviese como él tenía.

Cuando al ofertorio estábamos, ninguna blanca en la concha caía que no era de él registrada: el un ojo tenía en la gente y el otro en mis manos. Bailábanle los ojos en el casco como si fueran de azogue;[140] cuantas blancas ofrecían

---

[136] *ordinario*: la comida que tomaba cada día.   [137] 'que me diera la mitad'.   [138] 'decía yo para mis adentros'.   [139] 'para usar de mis mañas no tenía ningún instrumento (*aparejo*) por no tener qué robarle'.   [140] *azogue*: mercurio (metal que se mueve mucho).

rezó que los enfermos fallecieran porque sólo entonces pudo alimentarse (comer su comida)

tenía por cuenta, y acabado el ofrecer, luego me quitaba la concheta y la ponía sobre el altar.

No era yo señor de asirle una blanca todo el tiempo que con él viví o, por mejor decir, morí. De la taberna nunca le traje una blanca de vino; mas aquel poco que de la ofrenda había metido en su arcaz compasaba[141] de tal forma, que le turaba[142] toda la semana. Y por ocultar su gran mezquindad, decíame:

—Mira, mozo, los sacerdotes han de ser muy templados en su comer y beber, y por esto yo no me desmando como otros.

Mas el lacerado mentía falsamente porque, en cofradías y mortuorios que rezamos,[143] a costa ajena comía como lobo y bebía más que un saludador.[144]

Y porque dije de mortuorios, Dios me perdone, que jamás fui enemigo de la naturaleza humana sino entonces. Y esto era porque comíamos bien y me hartaban. Deseaba y aun rogaba a Dios que cada día matase el suyo. Y cuando dábamos sacramento a los enfermos, especialmente la Extremaunción,[145] como manda el clérigo rezar a los que están allí, yo cierto no era el postrero de la oración, y con todo mi corazón y buena voluntad rogaba al Señor, no que le echase a la parte que más servido fuese, como se suele decir, mas que le llevase de este mundo. Y cuando alguno de estos escapaba (Dios me lo perdone), que mil veces le daba al diablo; y el que se moría, otras

apariencia v. realidad de el clérigo

141 *compasaba*: distribuía.   142 *turaba*: duraba.   143 *rezamos*: rezábamos.
144 *saludador*: hombre que con su saliva era capaz de curar a los animales de la rabia, por lo cual debía beber mucho.   145 *Extremaunción*: en la religión católica, sacramento que consiste en la unción con óleo sagrado hecha por el sacerdote a los fieles que se hallan en peligro inminente de morir.

[Anotaciones manuscritas: fenecer ↓ / fallecer - to pass away / ruego - prayer / hallar - to find / discover / ironía que se trató mejor a los enfermos mitad muertos que los niños vivos]

tantas bendiciones llevaba de mí dichas. Porque en todo el tiempo que allí estuve, que sería casi seis meses,
solas veinte personas fallecieron, y estas bien creo que
las maté yo, o, por mejor decir, murieron a mi recuesta.[146] Porque, viendo el Señor mi rabiosa y continua
muerte, pienso que holgaba de matarlos por darme a
mí vida. Mas de lo que al presente padecía, remedio no
hallaba; que si el día que enterrábamos yo vivía, los días
que no había muerto, por quedar bien vezado[147] de la
hartura, tornando a mi cotidiana hambre, más lo sentía.
De manera que en nada hallaba descanso, salvo en la
muerte, que yo también para mí, como para los otros,
deseaba algunas veces; mas no la vía, aunque estaba
siempre en mí.

[Anotación manuscrita: sentimiento de la culpabilidad]

[Anotación manuscrita: tantas descripciones del hambre y alimentarse]

Pensé muchas veces irme de aquel mezquino amo;
mas por dos cosas lo dejaba: la primera, por no me atre-
ver a mis piernas, por temer de la flaqueza que de pura
hambre me venía; y la otra, consideraba y decía: «Yo he
tenido dos amos: el primero traíame muerto de hambre,
y, dejándole, topé con este otro, que me tiene ya con ella
en la sepultura; pues si de este desisto y doy en otro más
bajo, ¿qué será sino fenecer?».

[Anotación manuscrita: topar con - llega a un lugar]

Con esto no me osaba menear, porque tenía por fe que
todos los grados había de hallar más ruines. Y a abajar
otro punto, no sonara Lázaro ni se oyera en el mundo.

Pues estando en tal aflicción (cual plega al Señor librar de ella a todo fiel cristiano), y sin saber darme consejo, viéndome ir de mal en peor, un día que el cuitado,
ruin y lacerado de mi amo había ido fuera del lugar,

[Anotación manuscrita: clérigo]

---

[146] *a mi recuesta*: por mis ruegos.   [147] *vezado*: acostumbrado.

llegose acaso[148] a mi puerta un calderero, el cual yo creo que fue ángel enviado a mí por la mano de Dios en aquel hábito. Preguntome si tenía algo que adobar.[149] «En mí teníades bien qué hacer y no haríades poco si me remediásedes», dije paso, que no me oyó.

Mas, como no era tiempo de gastarlo en decir gracias, alumbrado por el Espíritu Santo, le dije:

—Tío, una llave de este arcaz he perdido, y temo mi señor me azote. Por vuestra vida, veáis si en esas que traéis hay alguna que le haga, que yo os lo pagaré.

Comenzó a probar el angélico calderero una y otra de un gran sartal[150] que de ellas traía, y yo a ayudarle con mis flacas oraciones. Cuando no me cato,[151] veo en figura de panes, como dicen, la cara de Dios dentro del arcaz, y, abierto, díjele:

—Yo no tengo dineros que os dar por la llave, mas tomad de ahí el pago.

Él tomó un bodigo de aquellos, el que mejor le pareció y, dándome mi llave, se fue muy contento, dejándome más a mí.

Mas no toqué en nada por el presente, porque no fuese la falta sentida, y aun, porque me vi de tanto bien señor, pareciome que la hambre no se me osaba allegar. Vino el mísero de mi amo, y quiso Dios no miró en la oblada[152] que el ángel había llevado.

Y otro día, en saliendo de casa, abro mi paraíso panal y tomo entre las manos y dientes un bodigo, y en dos credos[153] le hice invisible, no se me olvidando el arca

---

[148] *acaso*: por casualidad.   [149] *adobar*: componer, arreglar.   [150] *sartal*: manojo.   [151] *no me cato*: de repente.   [152] *oblada*: pan.   [153] *en dos credos*: inmediatamente, muy deprisa.

abierta. Y comienzo a barrer la casa con mucha alegría, pareciéndome con aquel remedio remediar dende en adelante la triste vida.

Y así estuve con ello aquel día y otro gozoso. Mas no estaba en mi dicha que me durase mucho aquel descanso, porque luego, al tercero día, me vino la terciana[154] derecha.

Y fue que veo a deshora al que me mataba de hambre sobre nuestro arcaz, volviendo y revolviendo, contando y tornando a contar los panes. Yo disimulaba, y en mi secreta oración y devociones y plegarias decía: «¡San Juan, y ciégale!».

Después que estuvo un gran rato echando la cuenta, por días y dedos contando, dijo:

—Si no tuviera a tan buen recado esta arca, yo dijera que me habían tomado de ella panes; pero de hoy más, sólo por cerrar la puerta a la sospecha, quiero tener buena cuenta con ellos: nueve quedan y un pedazo.

«¡Nuevas malas te dé Dios!», dije yo entre mí.

Pareciome con lo que dijo pasarme el corazón con saeta de montero, y comenzome el estómago a escarbar de hambre, viéndose puesto en la dieta pasada. Fue fuera de casa. Yo, por consolarme, abro el arca y, como vi el pan, comencelo de adorar, no osando recebirlo.[155] Contelos, si a dicha el lacerado se errara, y hallé su cuenta más verdadera que yo quisiera. Lo más que yo pude hacer fue dar en ellos mil besos, y, lo más delicado que yo pude, del partido partí un poco al pelo que él

---

[154] *terciana*: enfermedad febril que aparecía de tres en tres días.   [155] *recebirlo*: recibirlo.

estaba, y con aquel pasé aquel día, no tan alegre como el pasado.

Mas como la hambre creciese, mayormente que tenía el estómago hecho a más pan aquellos dos o tres días ya dichos, moría mala muerte; tanto, que otra cosa no hacía, en viéndome solo, sino abrir y cerrar el arca y contemplar en aquella cara de Dios, que así dicen los niños. Mas el mesmo Dios, que socorre a los afligidos, viéndome en tal estrecho,[156] trujo[157] a mi memoria un pequeño remedio: que, considerando entre mí, dije: «Este arquetón es viejo y grande y roto por algunas partes, aunque pequeños agujeros. Puédese pensar que ratones, entrando en él, hacen daño a este pan. Sacarlo entero no es cosa conveniente, porque verá la falta el que en tanta me hace vivir. Esto bien se sufre».

Y comienzo a desmigajar el pan sobre unos no muy costosos manteles que allí estaban, y tomo uno y dejo otro, de manera que en cada cual de tres o cuatro desmigajé su poco. Después, como quien toma gragea,[158] lo comí, y algo me consolé. Mas él, como viniese a comer y abriese el arca, vio el mal pesar, y sin duda creyó ser ratones los que el daño habían hecho, porque estaba muy al propio contrahecho[159] de cómo ellos lo suelen hacer. Miró todo el arcaz de un cabo a otro y viole ciertos agujeros por do[160] sospechaba habían entrado. Llamome diciendo:

—¡Lázaro! ¡Mira, mira, qué persecución ha venido esta noche por nuestro pan!

---

[156] *estrecho*: necesidad, apuro.   [157] *trujo*: forma arcaica por 'trajo'.   [158] 'como quien toma migajas'.   [159] *contrahecho*: imitado.   [160] *do*: donde.

Yo híceme muy maravillado, preguntándole qué sería.

—¡Qué ha de ser! —dijo él—. Ratones, que no dejan cosa a vida.

Pusímonos a comer, y quiso Dios que aun en esto me fue bien, que me cupo más pan que la laceria que me solía dar, porque rayó con un cuchillo todo lo que pensó ser ratonado, diciendo:

—Cómete eso, que el ratón cosa limpia es.

Y así, aquel día, añadiendo la ración del trabajo de mis manos (o de mis uñas, por mejor decir), acabamos de comer, aunque yo nunca empezaba.

Y luego me vino otro sobresalto, que fue verle andar solícito quitando clavos de las paredes y buscando tablillas, con las cuales clavó y cerró todos los agujeros de la vieja arca.

«¡Oh Señor mío —dije yo entonces—, a cuánta miseria y fortuna y desastres estamos puestos los nacidos, y cuán poco turan los placeres de esta nuestra trabajosa vida! Heme aquí que pensaba con este pobre y triste remedio remediar y pasar mi laceria, y estaba ya cuanto que alegre[161] y de buena ventura. Mas no quiso mi desdicha, despertando a este lacerado de mi amo y poniéndole más diligencia de la que él de suyo se tenía (pues los míseros, por la mayor parte, nunca de aquella carecen), ahora, cerrando los agujeros del arca, cerrase la puerta a mi consuelo y la abriese a mis trabajos».

Así lamentaba yo, en tanto que mi solícito carpintero, con muchos clavos y tablillas, dio fin a sus obras, diciendo:

[161] 'un poco alegre'.

—Ahora, donos[162] traidores ratones, conviéneos mudar propósito, que en esta casa mala medra tenéis.[163]

De que salió de su casa, voy a ver la obra, y hallé que no dejó en la triste y vieja arca agujero ni aun por donde le pudiese entrar un mosquito. Abro con mi desaprovechada llave, sin esperanza de sacar provecho, y vi los dos o tres panes comenzados, los que mi amo creyó ser ratonados, y de ellos todavía saqué alguna laceria, tocándolos muy ligeramente, a uso de esgrimidor diestro. Como la necesidad sea tan gran maestra, viéndome con tanta siempre, noche y día estaba pensando la manera que ternía[164] en sustentar el vivir. Y pienso, para hallar estos negros remedios, que me era luz la hambre, pues dicen que el ingenio con ella se avisa y al contrario con la hartura, y así era por cierto en mí.

Pues estando una noche desvelado en este pensamiento, pensando cómo me podría valer y aprovecharme del arcaz, sentí que mi amo dormía, porque lo mostraba con roncar y en unos resoplidos grandes que daba cuando estaba durmiendo. Levanteme muy quedito,[165] y, habiendo en el día pensado lo que había de hacer y dejado un cuchillo viejo que por allí andaba en parte do le hallase, voyme al triste arcaz, y, por do había mirado tener menos defensa, le acometí con el cuchillo, que a manera de barreno de él usé. Y como la antiquísima arca, por ser de tantos años, la hallase sin fuerza y corazón, antes muy blanda y carcomida, luego se me rindió y consintió en su costado, por mi remedio, un buen agujero.

---

[162] *donos*: señores.   [163] 'en esta casa no creceréis'.   [164] *ternía*: tendría.
[165] 'sin hacer ruido'.

Esto hecho, abro muy paso la llagada arca y, al tiento, del pan que hallé partido hice según de yuso[166] está escrito. Y con aquello algún tanto consolado, tornando a cerrar, me volví a mis pajas, en las cuales reposé y dormí un poco. Lo cual yo hacía mal, y echábalo al no comer. Y así sería, porque cierto en aquel tiempo no me debían de quitar el sueño los cuidados del rey de Francia.[167]

Otro día fue por el señor mi amo visto el daño, así del pan como del agujero que yo había hecho, y comenzó a dar a los diablos los ratones y decir:

—¿Qué diremos a esto? ¡Nunca haber sentido ratones en esta casa sino ahora!

Y sin duda debía de decir verdad. Porque si casa había de haber en el reino justamente de ellos privilegiada, aquella, de razón, había de ser, porque no suelen morar donde no hay qué comer. Torna a buscar clavos por la casa y por las paredes, y tablillas a atapárselos. Venida la noche y su reposo, luego era yo puesto en pie con mi aparejo, y cuantos él tapaba de día, destapaba yo de noche.

En tal manera fue y tal prisa nos dimos, que sin duda por esto se debió decir: «Donde una puerta se cierra, otra se abre». Finalmente, parecíamos tener a destajo la tela de Penélope,[168] pues cuanto él tejía de día rompía yo de noche, ca[169] en pocos días y noches pusimos la pobre despensa de tal forma, que quien quisiera propiamente de

---

[166] *según de yuso*: como abajo. [167] Era un dicho de la época, y hacía alusión a los sinsabores que le produjo la derrota de Pavía al rey de Francia Francisco I (prisionero entre 1525 y 1526). [168] *Penélope* era la mujer de Ulises. En la *Odisea* se nos narra cómo desdeñaba a los pretendientes que la asaltaban diciéndoles que accedería a sus demandas amorosas cuando tuviera una tela que estaba tejiendo totalmente acabada. Pero lo que tejía de día lo destejía de noche: así pudo esperar a su amado esposo. [169] *ca*: y.

ella hablar, más corazas viejas de otro tiempo que no arcaz la llamara, según la clavazón y tachuelas sobre sí tenía.

De que vio no le aprovechar nada su remedio, dijo:

—Este arcaz está tan maltratado y es de madera tan vieja y flaca, que no habrá ratón a quien se defienda. Y va ya tal, que si andamos más con él nos dejará sin guarda. Y aun lo peor, que, aunque hace poca, todavía hará falta faltando y me pondrá en costa de tres o cuatro reales. El mejor remedio que hallo, pues el de hasta aquí no aprovecha: armaré por de dentro[170] a estos ratones malditos.

Luego buscó prestada una ratonera y, con cortezas de queso que a los vecinos pedía, contino el gato[171] estaba armado dentro del arca. Lo cual era para mí singular auxilio, porque, puesto caso que yo no había menester muchas salsas para comer, todavía me holgaba con las cortezas del queso que de la ratonera sacaba y, sin esto, no perdonaba el ratonar del bodigo.

Como hallase el pan ratonado y el queso comido y no cayese el ratón que lo comía, dábase al diablo, preguntaba a los vecinos qué podría ser comer el queso y sacarlo de la ratonera y no caer ni quedar dentro el ratón, y hallar caída la trampilla del gato. Acordaron los vecinos no ser el ratón el que este daño hacía, porque no fuera menos de haber caído alguna vez. Díjole un vecino:

—En vuestra casa yo me acuerdo que solía andar una culebra, y esta debe ser, sin duda. Y lleva razón, que, como es larga, tiene lugar de tomar el cebo, y aunque la co-

---

[170] 'les pondré una trampa'.   [171] *gato*: cepo.

ja la trampilla encima, como no entre toda dentro, tórnase a salir.

Cuadró a todos lo que aquel dijo y alteró mucho a mi amo, y dende en adelante no dormía tan a sueño suelto, que cualquier gusano de la madera que de noche sonase pensaba ser la culebra que le roía el arca. Luego era puesto en pie, y con un garrote que a la cabecera, desde que aquello le dijeron, ponía, daba en la pecadora del arca grandes garrotazos, pensando espantar la culebra. A los vecinos despertaba con el estruendo que hacía y a mí no dejaba dormir. Íbase a mis pajas y trastornábalas,[172] y a mí con ellas, pensando que se iba para mí y se envolvía en mis pajas o en mi sayo, porque le decían que de noche acaecía a estos animales, buscando calor, irse a las cunas donde están criaturas y aun morderlas y hacerles peligrar.

Yo las más veces hacía del dormido, y en la mañana decíame él:

—¿Esta noche, mozo, no sentiste nada? Pues tras la culebra anduve, y aun pienso se ha de ir para ti a la cama, que son muy frías y buscan calor.

—Plega a Dios que no me muerda —decía yo—, que harto[173] miedo le tengo.

De esta manera andaba tan elevado y levantado del sueño, que, mi fe,[174] la culebra (o culebro, por mejor decir), no osaba roer de noche ni levantarse al arca; mas de día, mientras estaba en la iglesia o por el lugar, hacía mis saltos. Los cuales daños viendo él, y el poco remedio que les podía poner, andaba de noche, como digo, hecho trasgo.[175]

---

[172] *trastornábalas*: revolvíalas.   [173] *harto*: mucho.   [174] *mi fe*: a fe mía.
[175] *trasgo*: fantasma.

Yo hube miedo que con aquellas diligencias no me topase con la llave, que debajo de las pajas tenía, y pareciome lo más seguro meterla de noche en la boca. Porque ya, desde que viví con el ciego, la tenía tan hecha bolsa, que me acaeció tener en ella doce o quince maravedís, todo en medias blancas, sin que me estorbasen el comer, porque de otra manera no era señor de una blanca que el maldito ciego no cayese con ella, no dejando costura ni remiendo que no me buscaba muy a menudo.

Pues, así como digo, metía cada noche la llave en la boca y dormía sin recelo que el brujo de mi amo cayese con ella; mas cuando la desdicha ha de venir, por demás es diligencia. Quisieron mis hados (o, por mejor decir, mis pecados), que, una noche que estaba durmiendo, la llave se me puso en la boca, que abierta debía tener, de tal manera y postura, que el aire y resoplo que yo durmiendo echaba salía por lo hueco de la llave, que de cañuto era,[176] y silbaba, según mi desastre quiso, muy recio, de tal manera que el sobresaltado de mi amo lo oyó y creyó sin duda ser el silbo de la culebra, y cierto lo debía parecer.

Levantose muy paso con su garrote en la mano y, al tiento y sonido de la culebra, se llegó a mí con mucha quietud, por no ser sentido de la culebra. Y como cerca se vio, pensó que allí, en las pajas do yo estaba echado, al calor mío se había venido. Levantando bien el palo, pensando tenerla debajo y darle tal garrotazo que la matase, con toda su fuerza me descargó en la cabeza un tan gran golpe, que sin ningún sentido y muy mal descalabrado

[176] 'tenía un agujero'.

me dejó. Como sintió que me había dado, según yo debía hacer gran sentimiento con el fiero golpe, contaba él que se había llegado a mí y, dándome grandes voces, llamándome, procuró recordarme.[177] Mas, como me tocase con las manos, tentó la mucha sangre que se me iba, y conoció el daño que me había hecho. Y con mucha prisa fue a buscar lumbre y, llegando con ella, hallome quejando, todavía con mi llave en la boca, que nunca la desamparé, la mitad fuera, bien de aquella manera que debía estar al tiempo que silbaba con ella.

Espantado el matador de culebras qué podría ser aquella llave, mirola, sacándomela del todo de la boca, y vio lo que era, porque en las guardas[178] nada de la suya diferenciaba. Fue luego a probarla, y con ella probó el maleficio. Debió de decir el cruel cazador: «El ratón y culebra que me daban guerra y me comían mi hacienda he hallado».

De lo que sucedió en aquellos tres días siguientes ninguna fe daré, porque los tuve en el vientre de la ballena,[179] mas de cómo esto que he contado oí, después que en mí torné, decir a mi amo, el cual a cuantos allí venían lo contaba por extenso.

A cabo de tres días yo torné en mi sentido, y vime echado en mis pajas, la cabeza toda emplastada y llena de aceites y ungüentos, y, espantado, dije:

—¿Qué es esto?

Respondiome el cruel sacerdote:

---

[177] *recordarme*: despertarme. [178] *guardas*: muescas, dientes de la llave.
[179] Alusión al pasaje bíblico en que Jonás estuvo en el vientre de una ballena (Jonás 2, 1).

—A fe que los ratones y culebras que me destruían ya los he cazado.

Y miré por mí y vime tan maltratado, que luego sospeché mi mal.

A esta hora entró una vieja que ensalmaba,[180] y los vecinos. Y comiénzanme a quitar trapos de la cabeza y curar el garrotazo. Y como me hallaron vuelto en mi sentido, holgáronse mucho, y dijeron:

—Pues ha tornado en su acuerdo, placerá a Dios no será nada.

Ahí tornaron de nuevo a contar mi cuitas[181] y a reírlas, y yo, pecador, a llorarlas. Con todo esto, diéronme de comer, que estaba transido de hambre,[182] y apenas me pudieron demediar. Y así, de poco en poco, a los quince días me levanté y estuve sin peligro (mas no sin hambre) y medio sano.

Luego otro día que fui levantado, el señor mi amo me tomó por la mano y sacome la puerta fuera, y, puesto en la calle, díjome:

—Lázaro, de hoy más eres tuyo y no mío. Busca amo y vete con Dios, que yo no quiero en mi compañía tan diligente servidor. No es posible sino que hayas sido mozo de ciego.

Y santiguándose de mí, como si yo estuviera endemoniado, tórnase a meter en casa y cierra su puerta.

---

[180] *ensalmaba*: curaba con oraciones y ungüentos. [181] *cuitas*: dolores, preocupaciones. [182] 'muerto de hambre'.

Tratado tercero
Cómo Lázaro se asentó con un escudero,[183] y de lo que le acaeció con él

De esta manera me fue forzado sacar fuerzas de flaqueza y, poco a poco, con ayuda de las buenas gentes, di conmigo en esta insigne ciudad de Toledo, adonde, con la merced de Dios, dende a quince días se me cerró la herida. Y mientras estaba malo, siempre me daban alguna limosna; mas después que estuve sano todos me decían:

—Tú bellaco y gallofero[184] eres. Busca, busca un amo a quien sirvas.

—¿Y adónde se hallará ese —decía yo entre mí—, si Dios ahora de nuevo,[185] como crió el mundo, no le criase?

Andando así discurriendo de puerta en puerta, con harto poco remedio (porque ya la caridad se subió al

<hr>

[183] *escudero*: hidalgo encargado de llevar la lanza y escudo de los caballeros. Pertenece a la baja nobleza. [184] *gallofero*: vago, mendigo. [185] *de nuevo*: por primera vez.

cielo),[186] topome Dios con un escudero que iba por la calle, con razonable vestido, bien peinado, su paso y compás en orden. Mirome, y yo a él, y díjome:

—Mochacho, ¿buscas amo?

Yo le dije:

—Sí, señor.

—Pues vente tras mí —me respondió—, que Dios te ha hecho merced en topar conmigo; alguna buena oración rezaste hoy.

Y seguile, dando gracias a Dios por lo que le oí, y también que me parecía, según su hábito y continente, ser el que yo había menester.

Era de mañana cuando este mi tercero amo topé; y llevome tras sí gran parte de la ciudad. Pasábamos por las plazas do se vendía pan y otras provisiones. Yo pensaba (y aun deseaba) que allí me quería cargar de lo que se vendía, porque esta era propia hora, cuando se suele proveer de lo necesario; mas muy a tendido paso pasaba por estas cosas.[187] «Por ventura no lo vee[188] aquí a su contento —decía yo—, y querrá que lo compremos en otro cabo».[189]

De esta manera anduvimos hasta que dio las once. Entonces se entró en la iglesia mayor, y yo tras él, y muy devotamente le vi oír misa y los otros oficios divinos, hasta que todo fue acabado y la gente ida. Entonces salimos de la iglesia; a buen paso tendido comenzamos a ir por una calle abajo. Yo iba el más alegre del mundo en ver que no nos habíamos ocupado en buscar de comer.

---

[186] frase hecha.   [187] 'pasaba sin reparar en los lugares en los que se vendían comestibles'.   [188] *vee*: ve.   [189] *cabo*: lugar.

Bien consideré que debía ser hombre, mi nuevo amo, que se proveía en junto,[190] y que ya la comida estaría a punto y tal como yo la deseaba y aun la había menester.

En este tiempo dio el reloj la una después de mediodía, y llegamos a una casa, ante la cual mi amo se paró, y yo con él, y, derribando el cabo de la capa sobre el lado izquierdo, sacó una llave de la manga, y abrió su puerta, y entramos en casa. La cual tenía la entrada oscura y lóbrega de tal manera, que parece que ponía temor a los que en ella entraban, aunque dentro de ella estaba un patio pequeño y razonables cámaras.[191]

Desque[192] fuimos entrados, quita de sobre sí su capa, y, preguntando si tenía las manos limpias, la sacudimos y doblamos y, muy limpiamente, soplando un poyo que allí estaba, la puso en él; y hecho esto, sentose cabo de ella, preguntándome muy por extenso de dónde era, y cómo había venido a aquella ciudad. Y yo le di más larga cuenta que quisiera, porque me parecía más conveniente hora de mandar poner la mesa y escudillar[193] la olla, que de lo que me pedía. Con todo eso, yo le satisfice de mi persona lo mejor que mentir supe, diciendo mis bienes y callando lo demás, porque me parecía no ser para en cámara.[194] Esto hecho, estuvo así un poco, y yo luego vi mala señal, por ser ya casi las dos y no le ver más aliento de comer que a un muerto. Después de esto, consideraba aquel tener cerrada la puerta con llave, ni sentir arriba ni abajo pasos de viva persona por la casa; todo lo que yo había visto eran paredes, sin ver en ella silleta, ni

---

[190] *en junto*: al por mayor.   [191] *cámara*: habitación.   [192] *desque*: después que.   [193] *escudillar la olla*: echar caldo en las *escudillas* (especie de platos).   [194] 'me parecía que si no lo hacía sería poco educado'.

tajo,[195] ni banco, ni mesa, ni aun tal arcaz como el de marras.[196] Finalmente, ella parecía casa encantada. Estando así, díjome:

—Tú, mozo, ¿has comido?

—No, señor —dije yo—, que aún no eran dadas las ocho cuando con Vuestra Merced encontré.

—Pues, aunque de mañana, yo había almorzado, y cuando así como algo, hágote saber que hasta la noche me estoy así. Por eso, pásate como pudieres, que después cenaremos.

Vuestra Merced crea, cuando esto le oí, que estuve en poco de caer de mi estado,[197] no tanto de hambre como por conocer de todo en todo la fortuna serme adversa. Allí se me representaron de nuevo mis fatigas, y torné a llorar mis trabajos; allí se me vino a la memoria la consideración que hacía cuando me pensaba ir del clérigo, diciendo que, aunque aquel era desventurado y mísero, por ventura toparía con otro peor; finalmente, allí lloré mi trabajosa vida pasada y mi cercana muerte venidera. Y con todo, disimulando lo mejor que pude, le dije:

—Señor, mozo soy, que no me fatigo mucho por comer, bendito Dios. De eso me podré yo alabar entre todos mis iguales por de mejor garganta,[198] y así fui yo loado de ella hasta hoy día de los amos que yo he tenido.

—Virtud es esa —dijo él—, y por eso te querré yo más: porque el hartar es de los puercos, y el comer regladamente es de los hombres de bien.

---

[195] *tajo*: tronco de madera para sentarse. [196] 'como el que ya describí antes'. [197] 'estuve a punto de desmayarme'. [198] *de mejor garganta*: menos goloso.

«¡Bien te he entendido!» —dije yo entre mí—. «¡Maldita tanta medicina y bondad como estos mis amos que yo hallo hallan en la hambre!»

Púseme a un cabo del portal, y saqué unos pedazos de pan del seno, que me habían quedado de los de por Dios.[199] Él, que vio esto, díjome:

—Ven acá, mozo. ¿Qué comes?

Yo llegueme a él y mostrele el pan. Tomome él un pedazo, de tres que eran, el mejor y más grande; y díjome:

—Por mi vida, que parece éste buen pan.

—¡Y cómo ahora —dije yo—, señor, es bueno!

—Sí, a fe[200] —dijo él—. ¿Adónde lo hubiste? ¿Si es amasado de manos limpias?

—No sé yo eso —le dije—; mas a mí no me pone asco el sabor de ello.

—Así plega a Dios —dijo el pobre de mi amo.

Y llevándolo a la boca, comenzó a dar en él tan fieros bocados como yo en lo otro.

—Sabrosísimo pan está —dijo—, por Dios.

Y como le sentí de qué pie coxqueaba,[201] dime prisa, porque le vi en disposición, si acababa antes que yo, se comediría[202] a ayudarme a lo que me quedase. Y con esto acabamos casi a una. Y mi amo comenzó a sacudir con las manos unas pocas de migajas, y bien menudas, que en los pechos se le habían quedado. Y entró en una camareta que allí estaba, y sacó un jarro desbocado y no muy nuevo, y desde que hubo bebido, convidome con él. Yo, por hacer del continente, dije:

---

[199] 'de los que había conseguido mendigando, pidiendo a la gente que por Dios me dieran algo'. [200] *a fe*: expresión que sirve para reafirmar algo. [201] *coxqueaba*: cojeaba. [202] *se comediría*: se adelantaría.

—Señor, no bebo vino.

—Agua es —me respondió—; bien puedes beber.

Entonces tomé el jarro y bebí. No mucho, porque de sed no era mi congoja.

Así estuvimos hasta la noche, hablando en cosas que me preguntaba, a las cuales yo le respondí lo mejor que supe. En este tiempo, metiome en la cámara donde estaba el jarro de que bebimos y díjome:

—Mozo, párate allí, y verás cómo hacemos esta cama, para que la sepas hacer de aquí adelante.

Púseme de un cabo y él del otro, e hicimos la negra cama, en la cual no había mucho que hacer, porque ella tenía sobre unos bancos un cañizo,[203] sobre el cual estaba tendida la ropa, que, por no estar muy continuada a lavarse, no parecía colchón, aunque servía de él, con harta menos lana que era menester. Aquel tendimos, haciendo cuenta de ablandarle, lo cual era imposible, porque de lo duro mal se puede hacer blando. El diablo del enjalma[204] maldita la cosa tenía dentro de sí, que, puesto sobre el cañizo, todas las cañas se señalaban y parecían a lo propio entrecuesto de flaquísimo puerco.[205] Y sobre aquel hambriento colchón, un alfámar del mesmo jaez,[206] del cual el color yo no pude alcanzar.

Hecha la cama y la noche venida, díjome:

—Lázaro, ya es tarde, y de aquí a la plaza hay gran trecho; también en esta ciudad andan muchos ladrones, que, siendo de noche, capean.[207] Pasemos como podamos y mañana, venido el día, Dios hará merced; porque

---

[203] *cañizo*: lecho de cañas que, a modo de estera, servía para dormir. [204] *enjalma*: colchón. [205] 'espinazo de flaquísimo cerdo'. [206] 'una manta (*alfámar*) del mismo tipo'. [207] *capean*: roban.

yo, por estar solo, no estoy proveído, antes, he comido estos días por allá fuera; mas ahora hacerlo hemos de otra manera.

—Señor, de mí —dije yo— ·ninguna pena tenga Vuestra Merced, que bien sé pasar una noche y aun más, si es menester, sin comer.

—Vivirás más y más sano —me respondió—; porque, como decíamos hoy, no hay tal cosa en el mundo para vivir mucho, que comer poco.

«Si por esa vía es —dije entre mí—, nunca yo moriré, que siempre he guardado esa regla por fuerza, y aun espero, en mi desdicha, tenerla toda mi vida».

Y acostose en la cama, poniendo por cabecera las calzas[208] y el jubón.[209] Y mandome echar a sus pies, lo cual yo hice. Mas maldito el sueño que yo dormí, porque las cañas y mis salidos huesos en toda la noche dejaron de rifar[210] y encenderse, que con mis trabajos, males y hambre, pienso que en mi cuerpo no había libra[211] de carne, y también, como aquel día no había comido casi nada, rabiaba de hambre, la cual con el sueño no tenía amistad. Maldíjeme mil veces (Dios me lo perdone), y a mi ruin fortuna, allí, lo más de la noche; y lo peor, no osándome revolver por no despertarle, pedí a Dios muchas veces la muerte.

La mañana venida, levantámonos, y comienza a limpiar y sacudir sus calzas y jubón, y sayo y capa. Y yo que le servía de pelillo.[212] Y vísteseme muy a su placer,

---

[208] *calzas*: prenda de vestir que cubría de la cintura á los pies.   [209] *jubón*: casaca que se ponía sobre la camisa.   [210] *rifar*: pelear.   [211] *libra*: medida de peso que equivalía, aproximadamente, a medio kilo de nuestro sistema actual.   [212] 'le ayudaba en alguna poca cosa'.

despacio. Echele aguamanos,[213] peinose, y puso su espada en el talabarte[214] y, al tiempo que la ponía, díjome:

—¡Oh, si supieses, mozo, qué pieza es esta! No hay marco de oro[215] en el mundo por que yo la diese; mas así, ninguna de cuantas Antonio[216] hizo, no acertó a ponerle los aceros tan prestos como esta los tiene.

Y sacola de la vaina y tentola con los dedos, diciendo:

—¿Vesla aquí? Yo me obligo con ella a cercenar[217] un copo de lana.

Y yo dije entre mí: «Y yo con mis dientes, aunque no son de acero, un pan de cuatro libras».

Tornola a meter y ciñósela, y un sartal de cuentas gruesas del talabarte.[218] Y con un paso sosegado y el cuerpo derecho, haciendo con él y con la cabeza muy gentiles meneos, echando el cabo de la capa sobre el hombro y a veces so[219] el brazo, y poniendo la mano derecha en el costado, salió por la puerta, diciendo:

—Lázaro, mira por la casa en tanto que voy a oír misa, y haz la cama, y ve por la vasija de agua al río, que aquí bajo está; y cierra la puerta con llave, no nos hurten algo, y ponla aquí al quicio, porque, si yo viniere en tanto, pueda entrar.

Y súbese por la calle arriba con tan gentil semblante y continente,[220] que quien no le conociera pensara ser muy

---

[213] *aguamanos*: agua para lavarse las manos.   [214] *talabarte*: cinturón del que cuelga la espada.   [215] *marco de oro*: moneda de bastante valor (dos mil cuatrocientos maravedís).   [216] Se refiere a un célebre armero toledano del siglo XV.   [217] *cercenar*: cortar.   [218] También le colgaba 'un rosario de cuentas gruesas del cinturón'.   [219] *so*: debajo de.   [220] *continente*: porte o apariencia.

cercano pariente al Conde de Arcos,[221] o, a lo menos, camarero[222] que le daba de vestir.

«¡Bendito seáis Vos, Señor —quedé yo diciendo—,
que dais la enfermedad, y ponéis el remedio! ¿Quién en-
contrará a aquel mi señor que no piense, según el contento de sí lleva, haber anoche bien cenado y dormido en
buena cama, y, aunque ahora es de mañana, no le cuen-
ten por muy bien almorzado? ¡Grandes secretos son, Señor, los que Vos hacéis y las gentes ignoran! ¿A quién no
engañará aquella buena disposición y razonable capa y
sayo? ¿Y quién pensará que aquel gentil hombre se pasó
ayer todo el día sin comer, con aquel mendrugo de pan
que su criado Lázaro trujo un día y una noche en el arca
de su seno, do no se le podía pegar mucha limpieza, y
hoy, lavándose las manos y cara, a falta de paño de manos se hacía servir de la halda del sayo?[223] Nadie, por
cierto, lo sospechará. ¡Oh, Señor, y cuántos de estos de-
béis Vos tener por el mundo derramados, que padecen
por la negra que llaman honra, lo que por Vos no sufri-
rán!»

Así estaba yo a la puerta, mirando y considerando estas cosas, y otras muchas, hasta que el señor mi amo tras-
puso la larga y angosta calle; y como[224] lo vi trasponer,
torneme a entrar en casa, y en un credo[225] la anduve toda, alto y bajo, sin hacer represa[226] ni hallar en qué. Hago la negra dura cama, y tomo el jarro, y doy conmigo en
el río, donde en una huerta vi a mi amo en gran recuesta

---

[221] *Conde de Arcos*: personaje del romancero.   [222] *camarero*: criado distinguido en las casas de los aristócratas.   [223] 'se secaba con la ropa que llevaba
puesta por carecer de toalla'   [224] *como*: cuando.   [225] *en un credo*: enseguida.
[226] 'sin pararme'.

con dos rebozadas mujeres,[227] al parecer de las que en aquel lugar no hacen falta,[228] antes muchas tienen por estilo de irse a las mañanicas del verano a refrescar y almorzar, sin llevar qué, por aquellas frescas riberas, con confianza que no ha de faltar quien se lo dé, según las tienen puestas en esta costumbre aquellos hidalgos del lugar.

Y como digo, él estaba entre ellas hecho un Macías,[229] diciéndoles más dulzuras que Ovidio[230] escribió. Pero, como sintieron de él que estaba bien enternecido, no se les hizo de vergüenza pedirle de almorzar con el acostumbrado pago.

Él, sintiéndose tan frío de bolsa cuanto estaba caliente del estómago, tomole tal calofrío, que le robó la color del gesto, y comenzó a turbarse en la plática y a poner excusas no válidas. Ellas, que debían ser bien instituidas,[231] como le sintieron la enfermedad, dejáronle para el que era.[232]

Yo, que estaba comiendo ciertos tronchos de berzas,[233] con los cuales me desayuné, con mucha diligencia, como mozo nuevo, sin ser visto de mi amo, torné a casa, de la cual pensé barrer alguna parte, que era bien menester; mas no hallé con qué. Púseme a pensar qué haría, y pareciome esperar a mi amo hasta que el día demediase, y si viniese y por ventura trajese algo que comiésemos; mas en vano fue mi experiencia.

[227] 'en conversación animada con dos mujeres tapadas' (era costumbre en la moda femenina de la época el llevar la cabeza cubierta, por herencia morisca). [228] 'de las que en aquel lugar nunca faltan'. [229] *Macías*: trovador gallego (siglo XIV), símbolo y modelo de amante. [230] *Ovidio*: poeta latino, autor, entre otras obras, de *Ars Amatoria* («arte de amar»). [231] *institudas*: enseñadas. [232] 'se despidieron de él'. [233] *tronchos de berzas*: troncos de coles.

Desque vi ser las dos y no venía y la hambre me aquejaba, cierro mi puerta y pongo la llave do mandó y tórnome a mi menester.[234] Con baja y enferma voz e inclinadas mis manos en los senos, puesto Dios ante mis ojos y la lengua en su nombre, comienzo a pedir pan por las puertas y casas más grandes que me parecía. Mas como yo este oficio le hubiese mamado en la leche (quiero decir que con el gran maestro el ciego lo aprendí), tan suficiente discípulo salí, que, aunque en este pueblo no había caridad ni el año fuese muy abundante, tan buena maña me di, que antes que el reloj diese las cuatro ya yo tenía otras tantas libras de pan ensiladas en el cuerpo,[235] y más de otras dos en las mangas y senos. Volvime a la posada, y al pasar por la Tripería,[236] pedí a una de aquellas mujeres, y diome un pedazo de uña de vaca,[237] con otras pocas de tripas cocidas.

Cuando llegué a casa, ya el bueno de mi amo estaba en ella, doblada su capa y puesta en el poyo, y él paseándose por el patio. Como entré, vínose para mí. Pensé que me quería reñir la tardanza, mas mejor lo hizo Dios. Preguntome dó venía. Yo le dije:

—Señor, hasta que dio las dos estuve aquí, y de que vi que Vuestra Merced no venía, fuime por esa ciudad a encomendarme a las buenas gentes, y hanme dado esto que veis.

Mostrele el pan y las tripas, que en un cabo de la halda[238] traía, a la cual él mostró buen semblante, y dijo:

---

234 *menester*: trabajo (en este caso, mendigar).   235 'metidas en mi cuerpo'.
236 *Tripería*: calle donde había puestos de venta, entre otros, de despojos de animales.   237 *uña de vaca*: mano o pie de esta res después que se corta para la carnicería.   238 *halda*: cavidad que hace la saya para llevar algunas cosas.

—Pues esperado te he a comer y, de que vi que no viniste, comí. Mas tú haces como hombre de bien en eso, que más vale pedirlo por Dios que no hurtarlo.[239] Y así Él me ayude como ello me parece bien, y solamente te encomiendo no sepan que vives conmigo, por lo que toca a mi honra; aunque bien creo que será secreto, según lo poco que en este pueblo soy conocido. ¡Nunca a él yo hubiera de venir!

—De eso pierda, señor, cuidado —le dije yo—, que maldito aquel que ninguno tiene de pedirme esa cuenta, ni yo de darla.

—Ahora, pues, come, pecador; que, si a Dios place, presto nos veremos sin necesidad. Aunque te digo que, después que en esta casa entré, nunca bien me ha ido. Debe ser de mal suelo,[240] que hay casas desdichadas y de mal pie, que a los que viven en ellas pegan la desdicha. Esta debe de ser, sin duda, de ellas; mas yo te prometo, acabado el mes, no quede en ella, aunque me la den por mía.

Senteme al cabo del poyo y, porque no me tuviese por glotón, callé la merienda. Y comienzo a cenar y morder en mis tripas y pan, y, disimuladamente, miraba al desventurado señor mío, que no partía sus ojos de mis faldas, que aquella sazón[241] servían de plato. Tanta lástima haya Dios de mí como yo había de él, porque sentí lo que sentía, y muchas veces había por ello pasado, y pasaba cada día. Pensaba si sería bien comedirme a convidarle; mas, por me haber dicho que había comido, temíame no

---

239 refrán muy conocido. 240 'estar hechizada, traer mala suerte a los que moran en ella'. 241 *sazón*: ocasión.

aceptaría el convite. Finalmente, yo deseaba aquel pecador ayudase a su trabajo del mío,[242] y se desayunase como el día antes hizo,[243] pues había mejor aparejo,[244] por
ser mejor la vianda y menos mi hambre.

Quiso Dios cumplir mi deseo, y aun pienso que el suyo, porque, como comencé a comer y él se andaba pa-
seando, llegose a mí y díjome:

—Dígote, Lázaro, que tienes en comer la mejor gracia
que en mi vida vi a hombre, y que nadie te lo verá hacer
que no le pongas gana aunque no la tenga.

«La muy buena que tú tienes —dije yo entre mí— te
hace parecer la mía hermosa».

Con todo, pareciome ayudarle, pues se ayudaba y me
abría camino para ello, y díjele:

—Señor, el buen aparejo hace buen artífice. Este pan
está sabrosísimo, y esta uña de vaca tan bien cocida y sa-
zonada, que no habrá a quien no convide con su sabor.

—¿Uña de vaca es?

—Sí, señor.

—Dígote que es el mejor bocado del mundo, y que no
hay faisán que así me sepa.

—Pues pruebe, señor, y verá qué tal está.

Póngole en las uñas la otra, y tres o cuatro raciones de
pan de lo más blanco, y asentóseme al lado y comienza a
comer como aquel que lo había gana, royendo cada hue-
secillo de aquellos mejor que un galgo suyo lo hiciera.

---

[242] 'deseaba que mi trabajo (mendigar) fuera de ayuda para él, que padecía mucha necesidad'.　[243] También el día anterior el hidalgo le hizo creer a
Lázaro que ya había comido; pero cuando le vio devorar unos trozos de pan,
aceptó compartirlos.　[244] *aparejo*: prevención de lo necesario para conseguir
un fin; en este caso, comer.

Con almodrote[245] —decía— es este singular manjar.

«Con mejor salsa lo comes tú», respondí yo paso.[246]

—Por Dios, que me ha sabido como si hoy no hubiera comido bocado.

«¡Así me vengan los buenos años como es ello!»,[247] dije yo entre mí.

Pidiome el jarro del agua y díselo como lo había traído. Es señal que, pues no le faltaba el agua, que no le había a mi amo sobrado la comida. Bebimos, y muy contentos nos fuimos a dormir, como la noche pasada.

Y, por evitar prolijidad, de esta manera estuvimos ocho o diez días, yéndose el pecador en la mañana con aquel contento y paso contado a papar aire por las calles[248], teniendo en el pobre Lázaro una cabeza de lobo.[249]

Contemplaba yo muchas veces mi desastre, que, escapando de los amos ruines que había tenido, y buscando mejoría, viniese a topar con quien no sólo no me mantuviese, mas a quien yo había de mantener. Con todo, le quería bien, con ver que no tenía ni podía más. Y antes le había lástima que enemistad. Y muchas veces, por llevar a la posada con que él lo pasase, yo lo pasaba mal.

Porque una mañana, levantándose el triste en camisa,[250] subió a lo alto de la casa a hacer sus menesteres, y

---

[245] *almodrote*: salsa compuesta de aceite, ajos, queso y otras cosas, con la cual se sazonan las berenjenas. Hay aquí una clara alusión al refrán «La mejor salsa es el hambre». [246] *paso*: en voz baja. [247] 'como es ello verdad'. Nueva alusión al refrán «La mejor salsa es el hambre». [248] 'se iba por las calles sin hacer nada'. [249] Utiliza la metáfora de 'cabeza de lobo' (los que cazaban un lobo iban por los pueblos enseñando su cabeza para que la gente los recompensara). Así, quiere decir que el escudero se aprovechaba de la comida que Lázaro conseguía por ahí. [250] 'en ropa interior', 'sin haberse puesto encima el resto de la ropa'.

en tanto yo, por salir de sospecha, desenvolvile el jubón y las calzas, que a la cabecera dejó, y hallé una bolsilla de terciopelo raso, hecho cien dobleces y sin maldita la blanca ni señal que la hubiese tenido mucho tiempo.

«Este —decía yo— es pobre, y nadie da lo que no tiene; mas el avariento ciego y el malaventurado mezquino clérigo, que, con dárselo Dios a ambos, al uno de mano besada y al otro de lengua suelta, me mataban de hambre, aquellos es justo desamar, y a este de haber mancilla».[251]

Dios es testigo que hoy día, cuando topo con alguno de su hábito con aquel paso y pompa, le he lástima con pensar si padece lo que aquel le vi sufrir. Al cual, con toda su pobreza, holgaría de servir más que a los otros, por lo que he dicho. Solo tenía de él un poco de descontento: que quisiera yo que no tuviera tanta presunción, mas que abajara un poco su fantasía con lo mucho que subía su necesidad. Mas, según me parece, es regla ya entre ellos usada y guardada: aunque no haya cornado de trueco, ha de andar el birrete en su lugar.[252] El Señor lo remedie, que ya con este mal han de morir.

Pues estando yo en tal estado, pasando la vida que digo, quiso mi mala fortuna, que de perseguirme no era satisfecha, que en aquella trabajada y vergonzosa vivienda[253] no durase. Y fue, como el año en esta tierra fuese estéril de pan, acordaron el Ayuntamiento que todos los pobres extranjeros se fuesen de la ciudad, con pregón que el que de allí adelante topasen fuese punido[254] con

---

251 *haber mancilla*: 'tener lástima'.   252 'aunque no tengan ni una moneda de escaso valor (*cornado*) de las que sirven para hacer cambio (*trueco*), irán bien arreglados en su porte externo'.   253 *vivienda*: estilo de vida.   254 *punido*: castigado.

azotes. Y así, ejecutando la ley, desde a cuatro días que el pregón se dio, vi llevar una procesión de pobres azotando por las Cuatro Calles.[255] Lo cual me puso tan gran espanto, que nunca osé desmandarme a demandar.[256]

Aquí viera, quien verlo pudiera, la abstinencia de mi casa y la tristeza y silencio de los moradores, tanto, que nos acaeció estar dos o tres días sin comer bocado, ni hablar palabra. A mí diéronme la vida unas mujercillas hilanderas de algodón,[257] que hacían bonetes y vivían par de nosotros,[258] con las cuales yo tuve vecindad y conocimiento. Que, de la laceria que les traía, me daban alguna cosilla, con la cual muy pasado me pasaba.

Y no tenía tanta lástima de mí como del lastimado de mi amo, que en ocho días maldito el bocado que comió. A lo menos en casa bien lo estuvimos sin comer. No sé yo cómo o dónde andaba y qué comía. ¡Y verle venir a mediodía la calle abajo, con estirado cuerpo, más largo que galgo de buena casta! Y por lo que toca a su negra, que dicen honra, tomaba una paja, de las que aun asaz no había en casa, y salía a la puerta escarbando los dientes, que nada entre sí tenían, quejándose toda vía[259] de aquel mal solar, diciendo:

—Malo está de ver, que la desdicha de esta vivienda lo hace. Como ves, es lóbrega, triste, oscura. Mientras aquí estuviéremos hemos de padecer. Ya deseo que se acabe este mes por salir de ella.

---

[255] Las *Cuatro Calles* alude a una zona céntrica de Toledo.   [256] 'que no me atreví a seguir pidiendo'.   [257] En la época se decía *mujercillas* a mujeres de mala reputación, y muchas eran, como éstas, hilanderas.   [258] *par de nosotros*: junto a nosotros.   [259] *toda vía*: siempre.

Pues, estando en esta afligida y hambrienta persecución, un día, no sé por cuál dicha o ventura, en el pobre poder de mi amo entró un real,[260] con el cual él vino a casa tan ufano como si tuviera el tesoro de Venecia,[261] y con gesto muy alegre y risueño me lo dio, diciendo:

—Toma, Lázaro, que Dios ya va abriendo su mano. Ve a la plaza, y merca[262] pan y vino y carne: ¡quebremos el ojo al diablo! Y más te hago saber, porque te huelgues: que he alquilado otra casa, y en esta desastrada[263] no hemos de estar más de en cumpliendo el mes. ¡Maldita sea ella y el que en ella puso la primera teja, que con mal en ella entré! Por nuestro Señor, cuanto ha que en ella vivo, gota de vino ni bocado de carne no he comido, ni he habido descanso ninguno; mas ¡tal vista tiene y tal oscuridad y tristeza! Ve y ven presto, y comamos hoy como condes.

Tomo mi real y jarro y, a los pies dándoles prisa, comienzo a subir mi calle, encaminando mis pasos para la plaza, muy contento y alegre. Mas ¿qué me aprovecha, si está constituido en mi triste fortuna que ningún gozo me venga sin zozobra? Y así fue este. Porque, yendo la calle arriba, echando mi cuenta en lo que le emplearía que fuese mejor y más provechosamente gastado, dando infinitas gracias a Dios que a mi amo había hecho con dinero, a deshora me vino al encuentro un muerto, que por la calle abajo muchos clérigos y gente en unas andas traían.

Arriméme a la pared por darles lugar, y desque el cuerpo pasó, venían luego a par del lecho una que debía

---

[260] *real*: moneda de plata (equivalía a 34 maravedís). [261] Se decía *tesoro de Venecia* como frase hecha para significar 'mucha riqueza'. [262] *merca*: compra. [263] *desastrada*: que los astros no la favorecen.

ser su mujer del difunto, cargada de luto, y con ella otras muchas mujeres, la cual iba llorando a grandes voces y diciendo:

—Marido y señor mío, ¿adónde os me llevan? ¡A la casa triste y desdichada, a la casa lóbrega y oscura, a la casa donde nunca comen ni beben!

Yo, que aquello oí, juntóseme el cielo con la tierra, y dije: «¡Oh, desdichado de mí! ¡Para mi casa llevan este muerto!».

Dejo el camino que llevaba, y hendí por medio de la gente,[264] y vuelvo por la calle abajo, a todo el más correr que pude, para mi casa; y, entrando en ella, cierro a grande prisa, invocando el auxilio y favor de mi amo, abrazándome de él, que me venga a ayudar y a defender la entrada. El cual, algo alterado, pensando que fuese otra cosa, me dijo:

—¿Qué es eso, mozo? ¿Qué voces das? ¿Qué has? ¿Por qué cierras la puerta con tal furia?

—¡Oh, señor —dije yo—, acuda aquí, que nos traen acá un muerto!

—¿Cómo así? —respondió él.

—Aquí arriba lo encontré, y venía diciendo su mujer: «¡Marido y señor mío!, ¿adónde os llevan? ¡A la casa lóbrega y oscura, a la casa triste y desdichada, a la casa donde nunca comen ni beben!» Acá, señor, nos le traen.

Y, ciertamente, cuando mi amo esto oyó, aunque no tenía por qué estar muy risueño, rió tanto, que muy gran rato estuvo sin poder hablar. En este tiempo tenía ya yo

---

[264] *hendí*: crucé, me hice paso.

echada la aldaba a la puerta y puesto el hombro en ella por más defensa. Pasó la gente con su muerto, y yo todavía me recelaba que nos le habían de meter en casa. Y desque fue ya más harto de reír que de comer, el bueno de mi amo díjome:

—Verdad es, Lázaro; según la viuda lo va diciendo, tú tuviste razón de pensar lo que pensaste; mas, pues Dios lo ha hecho mejor y pasan adelante, abre, abre y ve por de comer.

—Dejalos,[265] señor, acaben de pasar la calle —dije yo.

Al fin vino mi amo a la puerta de la calle y ábrela esforzándome, que bien era menester, según el miedo y alteración, y me torno a encaminar. Mas, aunque comimos bien aquel día, maldito el gusto yo tomaba en ello, ni en aquellos tres días torné en mi color; y mi amo muy risueño todas las veces que se le acordaba aquella mi consideración.

De esta manera estuve con mi tercero y pobre amo, que fue este escudero, algunos días, y en todos deseando saber la intención de su venida y estada[266] en esta tierra, porque, desde el primer día que con él asenté, le conocí ser extranjero, por el poco conocimiento y trato que con los naturales de ella tenía. Al fin se cumplió mi deseo, y supe lo que deseaba, porque un día que habíamos comido razonablemente y estaba algo contento, contome su hacienda, y díjome ser de Castilla la Vieja y que había dejado su tierra no más de por no quitar el bonete a un caballero su vecino.[267]

---

265 *dejalos*: dejadlos.   266 *estada*: estancia.   267 'había preferido el destierro por un problema de saludos con su vecino'.

—Señor —dije yo—, si él era lo que decís y tenía más que vos, ¿no errábades²⁶⁸ en no quitárselo primero, pues decís que él también os lo quitaba?

—Sí es, y sí tiene, y también me lo quitaba él a mí; mas, de cuantas veces yo se le quitaba primero, no fuera malo comedirse él alguna y ganarme por la mano.

—Paréceme, señor —le dije yo—, que en eso no mirara, mayormente con mis mayores que yo y que tienen más.

—Eres mochacho —me respondió—, y no sientes las cosas de la honra, en que el día de hoy está todo el caudal de los hombres de bien. Pues te hago saber que yo soy, como ves, un escudero; mas, ¡vótote a Dios!,²⁶⁹ si al conde topo en la calle y no me quita muy bien quitado del todo el bonete, que, otra vez que venga, me sepa yo entrar en una casa, fingiendo yo en ella algún negocio, o atravesar otra calle, si la hay, antes que llegue a mí, por no quitárselo. Que un hidalgo no debe a otro que a Dios y al rey nada, ni es justo, siendo hombre de bien, se descuide un punto de tener en mucho su persona. Acuérdome que un día deshonré en mi tierra a un oficial²⁷⁰, y quise ponerle las manos, porque, cada vez que le topaba, me decía: «Mantenga Dios a Vuestra Merced». «Vos, don villano ruin —le dije yo—, ¿por qué no sois bien criado? ¿Manténgaos Dios, me habéis de decir, como si fuese quienquiera?». De allí adelante, de aquí acullá,²⁷¹ me quitaba el bonete, y hablaba como debía.

—¿Y no es buena manera de saludar un hombre a otro —dije yo— decirle que le mantenga Dios?

---

²⁶⁸ *errábades*: errábais.   ²⁶⁹ *¡vótote a Dios!*: ¡te juro por Dios!   ²⁷⁰ *oficial*: persona que ejerce un oficio.   ²⁷¹ *acullá*: allá.

—¡Mira mucho de enhoramala! —dijo él—. A los hombres de poca arte[272] dicen eso; mas a los más altos, como yo, no les han de hablar menos de: «Beso las manos de Vuestra Merced», o, por lo menos: «Bésoos, señor, las manos», si el que me habla es caballero. Y así, de aquel de mi tierra que me atestaba de mantenimiento, nunca más le quise sufrir, ni sufriría, ni sufriré a hombre del mundo, del rey abajo, que «Manténgaos Dios» me diga.[273]

«l'ecador de mí —dije yo—, por eso tiene tan poco cuidado de mantenerte, pues no sufres que nadie se lo ruegue».

—Mayormente —dijo— que no soy tan pobre que no tengo en mi tierra un solar de casas que, a estar ellas en pie y bien labradas, dieciséis leguas[274] de donde nací, en aquella Costanilla de Valladolid,[275] valdrían más de docientas[276] veces mil maravedís, según se podrían hacer grandes y buenas. Y tengo un palomar[277] que, a no estar derribado como está, daría cada año más de docientos palominos. Y otras cosas que me callo, que dejé por lo que tocaba a mi honra. Y vine a esta ciudad pensando que hallaría un buen asiento, mas no me ha sucedido como pensé. Canónigos y señores de la iglesia muchos hallo; mas es gente tan limitada, que no los sacarán de su paso todo el mundo. Caballeros de media talla también

---

[272] *de poca arte*: de poca categoría. [273] Los hidalgos dependían directamente del rey. [274] *legua*: medida de longitud variable. Equivalente, aproximadamente, a algo más de kilómetro y medio. [275] *Costanilla de Valladolid*: conocida calle de esta ciudad. [276] *docientas*: doscientas (forma etimológica). [277] Tener un palomar era símbolo de poder social: sólo lo podían poseer hidalgos y órdenes religiosas.

me ruegan; mas servir con estos es gran trabajo, porque de hombre os habéis de convertir en malilla,[278] y, si no, «Andá con Dios» os dicen. Y las más veces son los pagamentos a largos plazos, y las más y las más ciertas, comido por servido. Ya cuando quieren reformar conciencia y satisfaceros vuestros sudores, sois librados, en la recámara, en un sudado jubón, o raída capa o sayo.[279] Ya cuando asienta un hombre con un señor de título, todavía pasa su laceria. Pues por ventura, ¿no hay en mí habilidad para servir y contentar a estos? Por Dios, si con él topase, muy gran su privado pienso que fuese, y que mil servicios le hiciese, porque yo sabría mentirle tan bien como otro y agradarle a las mil maravillas; reírle ya mucho sus donaires y costumbres, aunque no fuesen las mejores del mundo; nunca decirle cosa con que le pesase, aunque mucho le cumpliese; ser muy diligente en su persona, en dicho y hecho; no me matar por no hacer bien las cosas que él no había de ver; y ponerme a reñir, donde él lo oyese con la gente de servicio, porque pareciese tener gran cuidado de lo que a él tocaba. Si riñese con algún su criado, dar unos puntillos agudos[280] para le encender la ira, y que pareciesen en favor del culpado; decirle bien de lo que bien le estuviese y, por el contrario, ser malicioso mofador,[281] malsinar[282] a los de casa y a los de fuera, pesquisar y procurar de saber vidas ajenas para contárselas, y otras muchas galas de esta calidad, que hoy día se usan en palacio y a los señores de él parecen bien. Y no quieren ver en sus casas hombres virtuosos; antes los aborrecen y tienen en poco y

---

[278] *malilla*: criado para todo. [279] 'se os paga en el lugar donde guardan sus riquezas (*recámara*), y con ropas sudadas o rotas'. [280] 'dar algunos gritos'. [281] *mofador*: que se burla o mofa de otro. [282] *malsinar*: traicionar.

llaman necios, y que no son personas de negocios ni con quien el señor se puede descuidar; y con estos los astutos usan, como digo, el día de hoy, de lo que yo usaría; mas no quiere mi ventura que le halle.

De esta manera lamentaba también su adversa fortuna mi amo, dándome relación de su persona valerosa.

Pues estando en esto, entró por la puerta un hombre y una vieja. El hombre le pide el alquiler de la casa y la vieja el de la cama. Hacen cuenta, y de dos en dos meses le alcanzaron lo que él en un año no alcanzara. Pienso que fueron doce o trece reales. Y él les dio muy buena respuesta: que saldría a la plaza a trocar[283] una pieza de a dos[284] y que a la tarde volviesen; mas su salida fue sin vuelta.

Por manera que a la tarde ellos volvieron; mas fue tarde. Yo les dije que aún no era venido. Venida la noche y él no, yo hube miedo de quedar en casa solo, y fuime a las vecinas y conteles el caso, y allí dormí.

Venida la mañana, los acreedores vuelven y preguntan por el vecino; mas... a estotra puerta. Las mujeres le responden:

—Veis aquí su mozo y la llave de la puerta.

Ellos me preguntaron por él, y díjele que no sabía adónde estaba, y que tampoco había vuelto a casa desde que salió a trocar la pieza, y que pensaba que de mí y de ellos se había ido con el trueco.

De que esto me oyeron, van por un alguacil y un escribano. Y helos do vuelven luego[285] con ellos, y toman la llave, y llámanme, y llaman testigos, y abren la puerta, y

---

283 *trocar*: cambiar.   284 *de a dos*: de dos castellanos de oro (unos 30 reales).
285 'y he aquí que ellos volvieron enseguida'.

entran a embargar la hacienda de mi amo hasta ser pagados de su deuda. Anduvieron toda la casa, y halláronla desembarazada,[286] como he contado, y dícenme:

—¿Qué es de la hacienda de tu amo: sus arcas y paños de pared[287] y alhajas de casa?

—No sé yo eso —le respondí.

—Sin duda —dicen ellos— esta noche lo deben de haber alzado[288] y llevado a alguna parte. Señor alguacil, prended a este mozo, que él sabe dónde está.

En esto vino el alguacil y echome mano por el collar del jubón,[289] diciendo:

—Mochacho, tú eres preso si no descubres los bienes de este tu amo.

Yo, como en otra tal no me hubiese visto (porque asido del collar sí había sido muchas e infinitas veces, mas era mansamente de él trabado, para que mostrase el camino al que no vía), yo hube mucho miedo, y, llorando, prometile de decir lo que me preguntaban.

—Bien está —dicen ellos—. Pues di todo lo que sabes y no hayas temor.

Sentose el escribano en un poyo para escribir el inventario, preguntándome qué tenía.

—Señores —dije yo—, lo que este mi amo tiene, según él me dijo, es un muy buen solar de casas y un palomar derribado.

—Bien está —dicen ellos—. Por poco que eso valga, hay para nos entregar de la deuda. ¿Y a qué parte de la ciudad tiene eso? —me preguntaron.

---

286 *desembarazada*: sin nada.   287 *paños de pared*: tapices.   288 'esta noche se lo deben haber llevado'.   289 'me echó mano por el cuello del jubón'.

—En su tierra —les respondí.

—Por Dios, que está bueno el negocio —dijeron ellos—, ¿y adónde es su tierra?

—De Castilla la Vieja me dijo él que era —le dije yo.

Riéronse mucho el alguacil y el escribano, diciendo:

—Bastante relación es esta para cobrar vuestra deuda, aunque mejor fuese.

Las vecinas, que estaban presentes, dijeron:

—Señores, este es un niño inocente y ha[290] pocos días que está con ese escudero, y no sabe de él más que vuestras mercedes, sino cuanto el pecadorcico se llega aquí a nuestra casa, y le damos de comer lo que podemos por amor de Dios, y a las noches se iba a dormir con él.

Vista mi inocencia, dejáronme, dándome por libre. Y el alguacil y el escribano piden al hombre y a la mujer sus derechos. Sobre lo cual tuvieron gran contienda y ruido, porque ellos alegaron no ser obligados a pagar, pues no había de qué ni se hacía el embargo. Los otros decían que habían dejado de ir a otro negocio que les importaba más por venir a aquel.

Finalmente, después de dadas muchas voces, al cabo carga un porquerón[291] con el viejo alfámar de la vieja, aunque no iba muy cargado. Allá van todos cinco dando voces. No sé en qué paró. Creo yo que el pecador alfámar pagara por todos. Y bien se empleaba, pues el tiempo que había de reposar y descansar de los trabajos pasados se andaba alquilando.

---

[290] *ha*: hace.   [291] *porquerón*: el encargado de administrar justicia y llevar los delincuentes a la cárcel.

Así, como he contado, me dejó mi pobre tercero amo, do acabé de conocer mi ruin dicha, pues, señalándose todo lo que podría contra mí, hacía mis negocios tan al revés, que los amos, que suelen ser dejados de los mozos, en mí no fuese así, mas que mi amo me dejase y huyese de mí.

espulgarse: to peg 🄑

relación con el milagro de Santa María

Tratado cuarto

Cómo Lázaro se asentó con un fraile de la Merced,[292] y de lo que le acaeció con él

crítica de la religión oficial —un fraile que tie es sexualmente abusivo

churo: pimp
Ls Lazaro es prostituto por el fraile

fraile: friar, monk

encaminar: direct/shw

Hube de buscar el cuarto, y este fue un fraile de la Merced, que las mujercillas que digo me encaminaron, al cual ellas le llamaban pariente.[293] Gran enemigo del coro[294] y de comer en el convento, perdido por andar fuera, amicísimo de negocios seglares y visitar,[295] tanto, que pienso que rompía él más zapatos que todo el convento. Este me dio los primeros zapatos que rompí en mi vida; mas no me duraron ocho días, ni yo pude con su trote durar más. Y por esto y por otras cosillas[296] que no digo, salí de él.

persona de la calle → prostitución

no explicar todo la historia —información sensitiva

292   La *Merced* era orden religiosa redentora de cautivos. En la época, algunos de estos frailes no gozaban de buena reputación.   293 estas *mujercillas* ('prostitutas') lo llamaban *pariente* porque tenían trato carnal con él.   294 *coro*: oficios religiosos.   295 'le gustaba mucho salir del convento para actividades mundanas poco acordes con su condición eclesiástica'.   296 La mayoría de los editores ven en estas *cosillas* una alusión a cierto acoso sexual al que el fraile sometía al muchacho, razón por la cual Lázaro acaba abandonándolo.

Tratado quinto
Cómo Lázaro se asentó con un buldero,[297] y de las cosas que con él pasó

En el quinto por mi ventura di, que fue un buldero, el más desenvuelto y desvergonzado, y el mayor echador de ellas que jamás yo vi ni ver espero, ni pienso que nadie vio. Porque tenía y buscaba modos y maneras y muy sutiles invenciones.

En entrando en los lugares do habían de presentar la bula, primero presentaba[298] a los clérigos o curas algunas cosillas, no tampoco de mucho valor ni sustancia: una lechuga murciana, si era por el tiempo; un par de limas o naranjas; un melocotón; un par de duraznos,[299] cada sendas peras verdiniales.[300] Así procuraba tenerlos

---

[297] *buldero*: persona que vendía bulas. Las *bulas* eran documentos papales que concedían beneficios espirituales o eximían del cumplimiento de algunas obligaciones (como el ayuno).   [298] *presentaba*: regalaba.   [299] *durazno*: fruta semejante al melocotón.   [300] 'peras que siguen siendo verdes cuando están maduras'.

engaño a comprar las bulas

propicios, porque favoreciesen su negocio y llamasen sus feligreses a tomar la bula.

Ofreciéndosele a él las gracias, informábase de la suficiencia de ellos. Si decían que entendían, no hablaba en latín, por no dar tropezón; mas aprovechábase de un gentil y bien cortado romance y desenvoltísima lengua. Y si sabía que los dichos clérigos eran de los reverendos[301] (digo, que más con dineros que con letras, y con reverendas se ordenan), hacíase entre ellos un Santo Tomás[302] y hablaba dos horas en latín. A lo menos que lo parecía, aunque no lo era.

Cuando por bien no le tomaban las bulas, buscaba cómo por mal se las tomasen. Y para aquello hacía molestias al pueblo, y otras veces con mañosos artificios. Y porque todos los que le veía hacer sería largo de contar, diré uno muy sotil y donoso, con el cual probaré bien su suficiencia.

En un lugar de la Sagra de Toledo[303] había predicado dos o tres días, haciendo sus acostumbradas diligencias, y no le habían tomado bula ni, a mi ver, tenían intención de se la tomar. Estaba dado al diablo con aquello, y, pensando qué hacer, se acordó de convidar al pueblo para otro día de mañana despedir la bula.

Y esa noche, después de cenar, pusiéronse a jugar la colación[304] él y el alguacil. Y sobre el juego vinieron a reñir y a haber malas palabras. Él llamó al alguacil ladrón,

---

[301] *reverendo*: clérigo que debía el mérito de serlo a las *reverendas* (carta por la que, previo pago, un obispo autorizaba a alguien a recibir órdenes sagradas, aunque tuviera escasos estudios).   [302] *Santo Tomás* es uno de los teólogos de más influencia en la iglesia medieval.   [303] La *Sagra* es una zona al nordeste de Toledo.   [304] 'se pusieron a jugarse el postre'.

y el otro a él falsario. Sobre esto, el señor comisario, mi señor, tomó un lanzón[305] que en el portal do jugaban estaba. El alguacil puso mano a su espada, que en la cinta tenía.

Al ruido y voces que todos dimos, acuden los huéspedes[306] y vecinos, y métense en medio. Y ellos, muy enojados, procurándose de desembarazar de los que en medio estaban para se matar. Mas como la gente al gran ruido cargase, y la casa estuviese llena de ella, viendo que no podían afrentarse con las armas, decíanse palabras injuriosas, entre las cuales el alguacil dijo a mi amo que era falsario y las bulas que predicaba que eran falsas.

Finalmente, que los del pueblo, viendo que no bastaban a ponerlos en paz, acordaron de llevar el alguacil de la posada a otra parte. Y así quedó mi amo muy enojado. Y después que los huéspedes y vecinos le hubieron rogado que perdiese el enojo, y se fuese a dormir, se fue, y así nos echamos todos.

La mañana venida, mi amo se fue a la iglesia y mandó tañer a misa y al sermón para despedir la bula. Y el pueblo se juntó, el cual andaba murmurando de las bulas, diciendo cómo eran falsas y que el mesmo alguacil, riñendo, lo había descubierto. De manera que, tras que tenían mala gana de tomarla, con aquello del todo la aborrecieron.

El señor comisario se subió al púlpito, y comienza su sermón, y a animar la gente a que no quedasen sin tanto bien e indulgencia como la santa bula traía.

---

305 *lanzón*: arma corta semejante a una lanza. 306 *huéspedes*: los que hospedaban, es decir, los dueños de la posada.

Estando en lo mejor del sermón, entra por la puerta de la iglesia el alguacil, y, desque hizo oración, levantose y, con voz alta y pausada, cuerdamente comenzó a decir:

—Buenos hombres, oídme una palabra, que después oiréis a quien quisiéredes. Yo vine aquí con este echacuervo[307] que os predica, el cual me engañó, y dijo que le favoreciese en este negocio, y que partiríamos la ganancia. Y ahora, visto el daño que haría a mi conciencia y a vuestras haciendas, arrepentido de lo hecho, os declaro claramente que las bulas que predica son falsas y que no le creáis ni las toméis, y que yo, *directe* ni *indirecte*,[308] no soy parte en ellas, y que desde ahora dejo la vara y doy con ella en el suelo.[309] Y si en algún tiempo este fuere castigado por la falsedad, que vosotros me seáis testigos cómo yo no soy con él ni le doy a ello ayuda, antes os desengaño y declaro su maldad.

Y acabó su razonamiento. Algunos hombres honrados que allí estaban se quisieron levantar y echar el alguacil fuera de la iglesia, por evitar escándalo. Mas mi amo les fue a la mano[310] y mandó a todos que, so pena de excomunión,[311] no le estorbasen; mas que le dejasen decir todo lo que quisiese. Y así él también tuvo[312] silencio mientras el alguacil dijo todo lo que he dicho.

Como calló, mi amo le preguntó si quería decir más, que lo dijese.

El alguacil dijo:

---

[307] *echacuervo*: mentiroso. [308] *directe* e *indirecte* son dos palabras latinas que significan 'directa ni indirectamente'. [309] 'renuncio a mi cargo de alguacil (se supone que por haber querido formar parte del engaño)'. [310] 'los detuvo'. [311] 'bajo pena de excomunión'. [312] *tuvo*: mantuvo, guardó.

—Harto hay más que decir de vos y de vuestra falsedad, mas por ahora basta.

El señor comisario se hincó de rodillas en el púlpito y,
puestas las manos[313] y mirando al cielo, dijo así:

—Señor Dios, a quien ninguna cosa es escondida, antes todas manifiestas, y a quien nada es imposible, antes
todo posible: Tú sabes la verdad y cuán injustamente yo
soy afrentado. En lo que a mí toca, yo lo perdono, porque
Tú, Señor, me perdones. No mires a aquel, que no sabe lo
que hace[314] ni dice; mas la injuria a Ti hecha te suplico, y
por justicia te pido, no disimules. Porque alguno que está aquí, que por ventura pensó tomar esta santa bula,
dando crédito a las falsas palabras de aquel hombre, lo
dejará de hacer, y, pues es tanto perjuicio del prójimo, te
suplico yo, Señor, no lo disimules, mas luego muestra
aquí milagro, y sea de esta manera: que, si es verdad lo
que aquel dice y que yo traigo maldad y falsedad, este
púlpito se hunda conmigo y meta siete estados[315] debajo
de tierra, do él ni yo jamás parezcamos; y, si es verdad lo
que yo digo, y aquél, persuadido del demonio (por quitar y privar a los que están presentes de tan gran bien),
dice maldad, también sea castigado y de todos conocida
su malicia.

Apenas había acabado su oración el devoto señor
mío, cuando el negro alguacil cae de su estado, y da tan
gran golpe en el suelo, que la iglesia toda hizo resonar,
y comenzó a bramar y echar espumajos por la boca y

---

[313] 'juntando sus manos (para rezar)'.   [314] Recuerda las palabras de Jesús en la cruz, cuando, a punto de morir se dirigió al Padre diciendo: «Padre,
perdónalos, porque no saben lo que hacen» (Mt 27, 4).   [315] *estado*: unidad de
medida (equivalía a la altura media de un hombre).

torcerla y hacer visajes con el gesto, dando de pie y de mano, revolviéndose por aquel suelo a una parte y a otra.

El estruendo y voces de la gente era tan grande, que no se oían unos a otros. Algunos estaban espantados y temerosos.

Unos decían: «El Señor le socorra y valga». Otros: «Bien se le emplea, pues levantaba tan falso testimonio».

Finalmente, algunos que allí estaban, y a mi parecer no sin harto temor, se llegaron y le trabaron de los brazos, con los cuales daba fuertes puñadas a los que cerca de él estaban. Otros le tiraban por las piernas, y tuvieron reciamente, porque no había mula falsa en el mundo que tan recias coces tirase. Y así le tuvieron un gran rato. Porque más de quince hombres estaban sobre él, y a todos daba las manos llenas,[316] y, si se descuidaban, en los hocicos.

A todo esto, el señor mi amo estaba en el púlpito de rodillas, las manos y los ojos puestos en el cielo, transportado en la divina esencia, que el planto[317] y ruido y voces que en la iglesia había no eran parte para apartarle de su divina contemplación.

Aquellos buenos hombres llegaron a él y, dando voces, le despertaron y le suplicaron quisiese socorrer a aquel pobre, que estaba muriendo, y que no mirase a las cosas pasadas ni a sus dichos malos, pues ya de ellos tenía el pago; mas si en algo podría aprovechar para librarle del peligro y pasión que padecía, por amor de Dios lo hiciese, pues ellos veían clara la culpa del culpado, y la verdad y bondad suya, pues a su petición y venganza el Señor no alargó el castigo.

---

[316] 'pegaba a todos con sus manos'. [317] *planto*: llanto.

El señor comisario, como quien despierta de un dulce sueño, los miró, y miró al delincuente y a todos los que alrededor estaban, y muy pausadamente les dijo:

—Buenos hombres, vosotros nunca habíades de rogar por un hombre en quien Dios tan señaladamente se ha señalado; mas, pues Él nos manda que no volvamos mal por mal, y perdonemos las injurias, con confianza podremos suplicarle que cumpla lo que nos manda, y Su Majestad perdone a este, que le ofendió poniendo en su santa fe obstáculo. Vamos todos a suplicarle.

Y así, bajó del púlpito y encomendó a que muy devotamente suplicasen a Nuestro Señor tuviese por bien de perdonar a aquel pecador y volverle en su salud y sano juicio, y lanzar de él el demonio, si Su Majestad había permitido que por su gran pecado en él entrase.

Todos se hincaron de rodillas, y delante del altar, con los clérigos, comenzaban a cantar con voz baja una letanía. Y viniendo él con la cruz y agua bendita, después de haber sobre él cantado, el señor mi amo, puestas las manos al cielo y los ojos, que casi nada se le parecía, sino un poco de blanco, comienza una oración no menos larga que devota, con la cual hizo llorar a toda la gente (como suelen hacer en los sermones de Pasión,[318] de predicador y auditorio devoto), suplicando a Nuestro Señor, pues no quería la muerte del pecador, sino su vida y arrepentimiento, que aquel, encaminado por el demonio y persuadido de la muerte y pecado, le quisiese perdonar y

---

[318] *sermones de Pasión*: los que se dicen durante la Semana Santa.

dar vida y salud, para que se arrepintiese y confesase sus pecados.

Y esto hecho, mandó traer la bula y púsosela en la cabeza. Y luego el pecador del alguacil comenzó, poco a poco, a estar mejor y tornar en sí. Y desque fue bien vuelto en su acuerdo, echose a los pies del señor comisario y demandole perdón; y confesó haber dicho aquello por la boca y mandamiento del demonio: lo uno, por hacer a él daño y vengarse del enojo; lo otro, y más principal, porque el demonio reciba mucha pena del bien que allí se hiciera en tomar la bula.

El señor mi amo le perdonó, y fueron hechas las amistades entre ellos. Y a tomar la bula hubo tanta prisa, que casi ánima viviente en el lugar no quedó sin ella: marido y mujer, e hijos e hijas, mozos y mozas.

Divulgose la nueva[319] de lo acaecido por los lugares comarcanos, y, cuando a ellos llegábamos, no era menester sermón ni ir a la iglesia, que a la posada la venían a tomar, como si fueran peras que se dieran de balde.[320] De manera que, en diez o doce lugares de aquellos alrededores donde fuimos, echó el señor mi amo otras tantas mil bulas sin predicar sermón.

Cuando él hizo el ensayo,[321] confieso mi pecado que también fui de ello espantado, y creí que así era, como otros muchos; mas, con ver después la risa y burla que mi amo y el alguacil llevaban y hacían del negocio, conocí cómo había sido industriado[322] por el industrioso e inventivo de mi amo.

---

319 *nueva*: noticia.   320 *de balde*: gratis.   321 *ensayo*: engaño.   322 *industriado*: ideado, pensado.

Y, aunque mochacho, cayome mucho en gracia, y dije entre mí: «¡Cuántas de estas deben hacer estos burladores entre la inocente gente!»

Finalmente, estuve con este mi quinto amo cerca de cuatro meses, en los cuales pasé también hartas fatigas.

shave: acompañar

Tratado sexto
Cómo Lázaro se asentó con un capellán, y lo que con él pasó

papel de las capellanas a ayudar Lázaro a encontrar sus mejores trabajos

settle down: asentarse

Después de esto, asenté con un maestro de pintar panderos, para molerle los colores, y también sufrí mil males. *—no descripción – por qué? No aprendizaje? no crecimiento?*

Siendo ya en este tiempo buen mozuelo, entrando un día en la iglesia mayor, un capellán de ella me recibió por suyo. Y púsome en poder un asno y cuatro cántaros y un azote, y comencé a echar agua[323] por la ciudad. Este fue el primer escalón *(step)* que yo subí para venir a alcanzar buena vida, porque mi boca era medida.[324] Daba cada día a mi amo treinta maravedís ganados, y los sábados ganaba para mí, y todo lo demás, entre semana, de treinta maravedís.[325]

---

[323] En la época el oficio de *aguador* consistía en vender agua potable a los ciudadanos para que la consumieran. [324] 'voceaba la mercancía'. [325] 'ganaba treinta maravedís los sábados y, entre semana, lo que sobraba de los treinta maravedís que daba cada día a mi amo'.

104

Fueme tan bien en el oficio, que al cabo de cuatro años que lo usé, con poner en la ganancia buen recaudo, ahorré para me vestir muy honradamente de la ropa vieja, de la cual compré un jubón de fustán[326] viejo, y un sayo raído de manga tranzada y puerta,[327] y una capa que había sido frisada,[328] y una espada de las viejas primeras de Cuéllar.[329] Desde que me vi en hábito de hombre de bien,[330] dije a mi amo se tomase su asno, que no quería más seguir aquel oficio.

[326] *fustán*: tipo de algodón.   [327] 'de manga trenzada y abierto por la parte delantera'.   [328] *frisada*: de tejido con pelo rizado.   [329] Eran famosas las espadas hechas por un espadero llamado Cuéllar.   [330] Nótese la importancia que tenía la forma de vestir para distinguir socialmente a las personas.

Tratado séptimo
Cómo Lázaro se asentó con un alguacil, y de lo que le acaeció con él

Despedido del capellán, asenté por hombre de justicia con un alguacil. Mas muy poco viví con él, por parecerme oficio peligroso. Mayormente, que una noche nos corrieron[331] a mí y a mi amo a pedradas y a palos unos retraídos.[332] Y a mi amo, que esperó, trataron mal, mas a mí no me alcanzaron. Con esto renegué del trato.

Y pensando en qué modo de vivir haría mi asiento,[333] por tener descanso y ganar algo para la vejez, quiso Dios alumbrarme y ponerme en camino y manera provechosa. Y con favor que tuve de amigos y señores, todos mis trabajos y fatigas hasta entonces pasados fueron pagados con alcanzar lo que procuré, que fue un oficio real,[334] viendo que no hay nadie que medre,[335] sino los que le tienen.

---

[331] *nos corrieron*: nos persiguieron. [332] *retraído*: delincuente (llamados así porque se encerraban —*retraían*— en las iglesias para no ser apresados). [333] *haría mi asiento*: me establecería. [334] *oficio real*: oficio al servicio de la administración local o del rey. [335] *medre*: mejore su fortuna.

En el cual el día de hoy vivo y resido a servicio de Dios
y de Vuestra Merced. Y es que tengo cargo de pregonar
los vinos[336] que en esta ciudad se venden, y en almone-
das[337] y cosas perdidas; acompañar los que padecen persecuciones por justicia y declarar a voces sus delitos: pregonero, hablando en buen romance.

Hame sucedido tan bien, yo le he usado tan fácilmente, que casi todas las cosas al oficio tocantes pasan por mi
mano. Tanto, que, en toda la ciudad, el que ha de echar
vino a vender, o algo, si Lázaro de Tormes no entiende
en ello,[338] hacen cuenta de no sacar provecho.

En este tiempo, viendo mi habilidad y buen vivir, teniendo noticia de mi persona el señor arcipreste de San
Salvador,[339] mi señor, y servidor y amigo de Vuestra Merced, porque le pregonaba sus vinos, procuró casarme con
una criada suya. Y visto por mí que de tal persona no podía venir sino bien y favor, acordé[340] de lo hacer. Y así, me
casé con ella, y hasta ahora no estoy arrepentido.

Porque, allende de[341] ser buena hija y diligente servi-
cial[342], tengo en mi señor arcipreste todo favor y ayuda.
Y siempre en el año le da, en veces,[343] al pie de[344] una carga de trigo;[345] por las Pascuas, su carne; y cuando el par
de los bodigos,[346] las calzas viejas que deja.[347] E hízonos

---

336 El oficio de pregonero era uno de los más bajos.   337 *almoneda*: ventas
públicas de bienes muebles con licitación y puja.   338 'no se ocupa de ello'.
339 *arcipreste*: cargo eclesiástico.   *San Salvador*: pequeña parroquia de Toledo.
340 *acordé*: determiné, resolví.   341 *allende de*: además de.   342 *diligente servi-*
cial: diligente criada.   343 *en veces*: de poco en poco, no todo a la vez.   344 *al*
pie de: casi.   345 'casi cuatro fanegas (46 kg) de trigo'.   346 *bodigos*: panecillos
que se suelen llevar a la iglesia como ofrenda.   347 'en la época de la ofrenda,
el pan dulce (*bodigo*); al final del invierno, las calzas viejas del arcipreste'.

alquilar una casilla par de la suya. Los domingos y fiestas casi todas las comíamos en su casa.

Mas malas lenguas, que nunca faltaron ni faltarán, no nos dejan vivir, diciendo no sé qué y sí sé qué de que veen a mi mujer irle a hacer la cama y guisarle de comer.[348] Y mejor les ayude Dios que ellos dicen la verdad.

Porque, allende de no ser ella mujer que se pague de estas burlas, mi señor me ha prometido lo que pienso cumplirá. Que él me habló un día muy largo delante de ella y me dijo:

—Lázaro de Tormes, quien ha de mirar a dichos de malas lenguas nunca medrará. Digo esto porque no me maravillaría alguno, viendo entrar en mi casa a tu mujer y salir de ella. Ella entra muy a tu honra[349] y suya, y esto te lo prometo. Por tanto, no mires a lo que puedan decir, sino a lo que te toca, digo a tu provecho.

—Señor —le dije—, yo determiné de arrimarme a los buenos. Verdad es que algunos de mis amigos me han dicho algo de eso, y aun por más de tres veces me han certificado que antes que conmigo casase había parido tres veces, hablando con reverencia de Vuestra Merced, porque está ella delante.

Entonces mi mujer echó juramentos sobre sí, que yo pensé la casa se hundiera con nosotros. Y después tomose a llorar y a echar maldiciones sobre quien conmigo la había casado, en tal manera, que quisiera ser muerto antes que se me hubiera soltado aquella palabra de la boca. Mas yo de un cabo y mi señor de otro, tanto le dijimos y

---

[348] Forma eufemística de dar a entender que su mujer mantenía una relación sexual con el arcipreste.   [349] Aquí *honra* está tomada, burlonamente, en el sentido de 'provecho'.

otorgamos, que cesó su llanto, con juramento que le hice de nunca más en mi vida mentarle[350] nada de aquello, y que yo holgaba y había por bien de que ella entrase y saliese, de noche y de día, pues estaba bien seguro de su bondad. Y así quedamos todos tres bien conformes.

Hasta el día de hoy nunca nadie nos oyó sobre el caso; antes, cuando alguno siento que quiere decir algo de ella, le atajo[351] y le digo:

—Mirá, si sois amigo, no me digáis cosa con que me pese, que no tengo por mi amigo al que me hace pesar. Mayormente, si me quiere meter mal con mi mujer, que es la cosa del mundo que yo más quiero y la amo más que a mí; y me hace Dios con ella mil mercedes y más bien que yo merezco; que yo juraré sobre la hostia consagrada, que es tan buena mujer como vive dentro de las puertas de Toledo. Quien otra cosa me dijere, yo me mataré con él. De esta manera no me dicen nada y yo tengo paz en mi casa.

Esto fue el mesmo año que nuestro victorioso Emperador en esta insigne ciudad de Toledo entró, y tuvo en ella Cortes,[352] y se hicieron grandes regocijos, como Vuestra Merced habrá oído. Pues en este tiempo estaba en mi prosperidad y en la cumbre de toda buena fortuna.

---

[350] *mentarle*: nombrarle.   [351] *atajo*: corto, interrumpo.   [352] Se refiere a Carlos V. Y la fecha de la que habla podría ser 1525 (en 1538 hubo otras Cortes, pero no fueron tan «jubilosas» como las primeras).

Para saber más

Guía de lectura

1. En torno a su estructura

a) El «caso»

> «*Vuesa Merced escribe se le escriba y relate el caso muy por extenso*» (pág. 27).

Estas palabras que pronuncia Lázaro en el Prólogo de la novela constituyen el soporte sobre el que se monta toda la estructura del *Lazarillo*, ya que toda ella se articula en una especie de carta o epístola, que el propio protagonista escribió (o dictó) a un enigmático personaje, al que debía aclarar un famoso «caso»:

● Compara el Prólogo con el Tratado VII: ambos abren y cierran, respectivamente, la obra y contienen elementos esenciales que dan unidad y cohesión a la novela. Así, por ejemplo, la mención del «caso» y el considerar Lázaro que, al final, ha conseguido «*prosperidad*» y ha llegado a la «*cumbre de toda buena fortuna*» (pág. 108):

1. ¿Qué valores ha alcanzado Lázaro?

2. ¿Crees que son moralmente aceptables?

3. Se ha dicho, a propósito de esto, que el *Lazarillo* es una burla de las «novelas de aprendizaje». ¿Estás de acuerdo con esta afirmación? Razona tu respuesta.

● Otro de los hallazgos narrativos de esta obra es que su estructura encierra un conjunto de sucesos (algunos cuentos o chistes extraídos del folclore), que no están insertados sin más, sino que el autor en todo momento es consciente de lo que ya ha narrado o está por venir y hace alusiones al resto de la historia. Por ejemplo, cuando le preconiza el ciego: «*si un hombre en el mundo ha de ser bienaventurado con vino, que serás tú*» (pág. 45), y, efectivamente, Lázaro vivirá de pregonar los vinos:

1. ¿Recuerdas algún otro momento en que aparezca esta técnica del recuerdo, bien de lo narrado o bien de adelantamiento de sucesos futuros?

2. También utiliza esta técnica para demostrarnos cómo Lázaro va aprendiendo las enseñanzas de la vida, utilizando reflexiones del tipo: «*¡cuántas de estas deben hacer estos burladores entre la inocente gente!*» (pág. 101). ¿Sabrías encontrar alguna otra? Justifica el lugar de la narración donde aparecen.

● Al ser una carta, hay muchos elementos lingüísticos destinados a subrayar la función fática (o «de contacto»), con los que el emisor pretende asegurarse la comunicación con su receptor, así aparece en: «*Pues sepa Vuestra Merced*» (pág. 29):

1. Intenta localizar dos ejemplos más.

2. En el Siglo de Oro la forma de la 2ª persona no era todavía el «usted» actual. Cita al menos tres maneras diferentes de dirigirse al interlocutor que aparecen en la novela.

● En el Prólogo justifica Lázaro la forma de narrar la historia no «*por el medio, sino del principio*» (pág. 27). Sin embargo, la mayor parte de las obras literarias comienzan *in media res* y, luego, mediante la técnica del *flash-back*, se termina de contar toda la historia:

1. Comenta, en diálogo con tus compañeros, una ventaja y una desventaja de una forma de narrar y otra.

b) Comparando los tratados

● Relaciona temas, formas de ser, de comportarse y categoría social, con personajes que aparecen en la novela:

lujuria	
falsedad	
hambre	
apariencias	Zaide
baja nobleza	fraile de la Merced
clero	escudero
hipocresía	alguacil
baja extracción social	ciego
mezquindad	clérigo de Maqueda
arrogancia	madre de Lázaro
latrocinio	buldero
avaricia	mujercillas vecinas de Lázaro
generosidad	maestro de pintar panderos
amancebamiento	capellán
compasión	alguacil
astucia	arcipreste de San Salvador
ruindad	mujer de Lázaro
vileza	
pobreza	
artesano	

1. Con el resultado, redacta un breve perfil de cada uno de los personajes con los que convivió Lázaro.

● Resulta muy evidente la diferente extensión que dedica a describir a cada uno de sus amos:

1. ¿Cuál crees que está más brevemente descrito, pero que contiene todos los elementos necesarios para conocerlo bien? Razona tu respuesta.

● En los tres primeros tratados se forja la personalidad de Lázaro, y, a partir del cuarto, comienza su ascenso social. Hay una serie de elementos que funcionan como símbolos de esta evolución de carácter y progresión. Intenta relacionarlos:

estancia con el escudero	
padre ladrón y madre amancebada	aprende a mentir
	vileza moral
consigue zapatos, jubón, sayo, capa y espada	pérdida de la ingenuidad
	origen innoble
episodio de las uvas	aprende a robar
golpe contra el toro	ascensión social
episodio del arca	aprende a mendigar
mujer adúltera	

1. Si has conseguido ordenarlos, comprobarás la **estructura** circular del *Lazarillo*, ya que al final del relato ha conseguido llegar a una meta: el bienestar material. Pero ¿es diferente, desde el punto de vista moral, del punto del que partió?

● Nota común de varios tratados es el hambre que pasó con sus primeros amos el niño:

1. ¿Qué escena te parece más dura y difícil de sobrellevar?

2. Lázaro era un niño inocente al que la necesidad y los golpes que recibe lo «malean». Cita dos o tres momentos en que esto es especialmente evidente.

● Otro aspecto importante de la novela es el tratamiento del tiempo:

El pasado de la vida de Lázaro (filtrado por su propia memoria) queda supeditado al presente en el que redacta la carta, y ambos confluyen en el tratado VII, ya que cuenta las cosas que le suceden en ese momento.

El ritmo temporal tampoco es uniforme: al principio es muy rápido, pero cuando entran en su vida el sufrimiento y las carencias el tiempo se detiene más (así, por ejemplo, cuando narra su estancia junto al ciego, el clérigo de Maqueda y el escudero); más tarde, el tiempo se acelera porque el protagonista intenta alejarse de los problemas morales y sociales:

1. En el tratado I ¿sabes con qué tiempos verbales consigue separar el presente de la carta de lo que le sucedió con el ciego?

2. ¿En qué frases ves el paso del tiempo en el tratado II?

3. El tratado III comienza haciendo una descripción muy pormenorizada de cómo se produjo el encuentro entre Lázaro y el escudero. Señala las precisiones temporales con que el Lázaro adulto describe el paso del tiempo hasta que amo y criado llegan a la casa.

2. Obra de múltiples lecturas

> *«podría ser que alguno* [...] *halle algo que le agrade, y a los que no ahondaren tanto los deleite»* (pág. 25)

El *Lazarillo* es una obra cómica, aunque su comicidad no le impide el tener implícita una crítica anticlerical y una burla de la honra, es decir, ser la historia de lo que puede suponer una «mala educación». Ahora bien, ¿qué pretendía el autor? Es difícil saberlo, porque es una obra deliberadamente ambigua:

● El *Lazarillo* encierra varias anécdotas que buscaban perseguir la risa del lector. Aunque algunas de ellas ya no las percibimos nosotros como rasgos cómicos, ya que el sentido del humor cambia a lo largo del tiempo. Así, por ejemplo, el golpe que el ciego le propinó a Lázaro contra el toro del puente salmantino los lectores del Siglo de Oro lo valoraban como elemento cómico:

1. ¿Sabrías encontrar otro ejemplo que te parezca que está utilizado de la misma forma?

● En el tratado III el escudero manifiesta mucha insistencia en el aseo personal, tema relacionado con la limpieza de sangre: buena parte de la sociedad española estaba obsesionada con la pureza, con su no contaminación con judíos y moros:

1. Localiza varios momentos en los que veas cómo el escudero concede bastante importancia a este aspecto.

● El cultivo de las apariencias es uno de los temas que aparecen en la novela. Ya cuando habla de su hermanico se anticipa este tema: «¡*Cuántos debe de haber en el mundo que huyen de otros porque no se veen a sí mesmos!*» (pág. 31):

1. ¿Sabes en qué tratado se intensifica este deseo de «aparentar»?

2. ¿Crees que en la sociedad actual puede haber alguien que padezca este problema? Explícalo un poco.

● Uno de los aspectos más interesantes de la novela reside en el tratamiento que el autor da a la personalidad de Lázaro: un niño bueno, al que la dureza de la vida convierte en un ser capaz de engañar, robar, burlar... en su intento por sobrevivir; pero en este periplo no pierde la calidad humana de la compasión, rasgo que lo ennoblece y que se hace especialmente patente en su relación con el escudero toledano, al que es capaz de disculpar su carácter vanidoso y de compartir con él la comida que obtiene mendigando:

1. Tipos humanos similares al escudero aparecen también en otras obras de nuestra literatura. Lee atentamente la descripción que hace Cela de don Leonardo Meléndez en *La Colmena*, y expón las similitudes que se dan en ambos personajes en cuanto a la contradicción entre la pobreza y la presunción o vanagloria (aspecto externo, vivir del prójimo...) y el posible paralelismo que existe entre el limpia y el propio Lázaro:

> «*Don Leonardo Meléndez debe seis mil duros a Segundo Segura, el limpia.*[1] *El limpia, que es un grullo,*[2] *que es igual que un grullo raquítico y entumecido,*[3] *estuvo ahorrando durante un montón de años para después prestárselo todo a*

---

[1] *limpia*: abreviatura familiar de limpiabotas. [2] *grullo*: aquí tiene el sentido de grulla, ave zancuda de gran tamaño, que llega a medir hasta 13 dm. de altura. [3] *entumecido*: que se mueve con torpeza.

don Leonardo. Le está bien empleado lo que le pasa. Don Le-
onardo es un punto[4] *que vive del sable*[5] *y de planear nego-*
cios que después nunca salen. No es que salgan mal, no; es
que, simplemente, no salen, ni bien ni mal. Don Leonardo
lleva unas corbatas muy lucidas y se da fijador en el pelo, un
fijador muy perfumado que huele desde lejos. Tiene aires de
gran señor y un aplomo[6] *inmenso, un aplomo de hombre*
muy corrido.[7] *A mí no me parece que la haya corrido dema-*
siado, pero la verdad es que sus ademanes son los de un hom-
bre a quien nunca faltaron cinco duros en la cartera. A los
acreedores los trata a patadas y los acreedores le sonríen y le
miran con aprecio, por lo menos por fuera. No faltó quien
pensara en meterlo en el juzgado y empapelarlo,[8] *pero el*
caso es que hasta ahora nadie había roto el fuego.[9] *A don*
Leonardo, lo que más le gusta decir son dos cosas: palabritas
del francés, como por ejemplo, madame y rue y cravate,[10]
y también, nosotros los Meléndez. Don Leonardo es un
hombre culto, un hombre que denota saber muchas cosas.
Juega siempre un par de partiditas de damas y no bebe nun-
ca más que café con leche. A los de las mesas próximas que
ve fumando tabaco rubio les dice, muy fino: ¿me da usted un
papel de fumar? Quisiera liar un pitillo de picadura,[11] *pero*
me encuentro sin papel. Entonces el otro se confía: no, no
gasto. Si quiere usted un pitillo hecho... Don Leonardo pone
un gesto ambiguo[12] *y tarda unos segundos en responder:*

---

[4] *punto*: sinvergüenza.   [5] *vivir del sable*: habilidad para sacar dinero a otro
o vivir a su costa.   [6] *aplomo*: dominio que se tiene de sí mismo.   [7] *corrido*: se
dice de la persona de mundo, experimentada y astuta.   [8] *empapelar*: en lenguaje
familiar, formar causa criminal a alguien.   [9] *romper el fuego*: en lenguaje familiar, iniciar una disputa.   [10] *madame, rue, cravate*: palabras francesas que
significan, respectivamente, 'señora', 'calle' y 'corbata'.   [11] *picadura*: tabaco
picado para fumar, que, según lo esté en filamentos o en partículas informes,
se llama *en hebra* o *al cuadrado*.   [12] *ambiguo*: equívoco, que admite distintas in-
terpretaciones y, por tanto, carece de precisión (con su gesto ambiguo, don Leonardo no define claramente sus actitudes).

*bueno, fumaremos rubio por variar. A mí la hebra[13] no me
gusta mucho, créame usted. A veces el de al lado le dice no
más que: no, papel no tengo, siento no poder complacerle...,
y entonces don Leonardo se queda sin fumar».*

(pp. 161-162, *La Colmena*. Clásicos Castalia).

● Buena parte de la crítica sostiene que el autor del *Lazarillo*
pudo ser un erasmista o judío converso, ya que determinadas
costumbres religiosas de la época y actitudes licenciosas de
clérigos y eclesiásticos salen censuradas de su pluma:

1. ¿Sabrías en qué momentos concretos puede verse el anti-
   clericalismo en esta obra?

2. Era relativamente habitual que algunos clérigos tuvieran
   relaciones ilícitas con mujeres y, para ocultarlas, las casa-
   ran con criados. La situación se hizo tan insostenible que
   llegaron a dictarse órdenes de cárcel para los «maridos
   consentidores». ¿Crees que este dato pudo influir en el
   empeño de Lázaro por proclamar abiertamente la inocencia de su mujer?

3. Lee atentamente el siguiente pasaje:

   *«Éste —decía yo— es pobre, y nadie da lo que no tiene;
   mas el avariento ciego y el malaventurado mezquino clérigo, que, con dárselo Dios a ambos, al uno de mano besada y
   al otro de lengua suelta, me mataban de hambre, aquellos es
   justo desamar, y a este de haber mancilla»* (pág. 79).

— ¿Qué crees que significan las expresiones «*mano besada*»
   y «*lengua suelta*»?

---

[13] *hebra*: tabaco cortado tierno cuyas partículas alargadas tienen forma de
brizna. Por su calidad superior respecto a la picadura era más caro y servía de
base para la elaboración de los cigarrillos rubios.

—   ¿Piensas que este modo de razonar de Lázaro acerca del comportamiento de sus amos es correcto? Razónalo.

4. Los tratados IV y V fueron suprimidos por el Índice inquisitorial de 1573. ¿Se te ocurre alguna razón para explicarlo?

● Una de las técnicas que usó el autor para construir la novela fue el uso de la burla y de la ironía. Intenta descubrir en los siguientes fragmentos qué es lo que desmitifica o sobre qué se ironiza:

1. «*estando mi madre una noche en la aceña, preñada de mí, tomole el parto y pariome allí; de manera que con verdad me puedo decir nacido en el río*» (pág. 29).

2. «*Toma, come, triunfa, que para ti es el mundo: ¡mejor vida tienes que el Papa!*» (pág. 51).

3. «*De lo que sucedió en aquellos tres días siguientes ninguna fe daré, porque los tuve en el vientre de la ballena*» (pág. 63).

4. «*Lázaro, mira por la casa en tanto que voy a oír misa, y haz la cama, y ve por la vasija de agua al río, que aquí bajo está, y cierra la puerta con llave, no nos hurten algo*» (pág. 72).

5. «*achacaron a mi padre ciertas sangrías mal hechas en los costales de los que allí a moler venían, por lo cual fue preso, y confesó y no negó y padeció persecución por justicia*» (págs. 29-30).

3. A propósito del estilo

«en este grosero estilo escribo» (pág. 26).

● En la novela el adjetivo *«negro»* es usado para referirse a objetos o sentimientos adversos. Por ejemplo, se habla de la *«negra cama»* (pág. 70) del escudero:

1. Localiza dos casos más y explica su significado.

2. Sin embargo, al hablar de su padrastro utiliza el calificativo de *«moreno»* (pág. 30). ¿Sabes qué figura retórica encubre el uso de esta palabra? ¿Y por qué?

● Uno de los rasgos de estilo de la novela es la obsesión de su autor por querer «definir» o explicar todas las cosas, para lo cual recurre a fórmulas como *«por mejor decir»*. Ej.: *«la culebra (o culebro, por mejor decir»*, pág. 61).

1. ¿Puedes buscar tú algún otro ejemplo?

● Otra de las características estilísticas del *Lazarillo* es su sintaxis suelta, sus frases cortadas, el uso que hace de coloquialismos, de refranes y frases proverbiales…:

1. ¿Sabrías encontrar dos refranes en la novela? ¿Qué significan?

2. Transcribe un pequeño párrafo en el que creas que la sintaxis no es muy «normalizada», e intenta construirlo tú desde una óptica sintáctica más «correcta». ¿Te ha costado mucho trabajo? ¿Qué diferencias expresivas observas entre tu texto y el del anónimo?

● Ya comentamos en la Presentación de la novela, que el *Lazarillo* es heredero de, entre otras, varias obras anteriores a él, como es el caso de la *Celestina*. Compara el siguiente pasaje de la *Celestina* —en el que Centurio describe su casa—, con la que Lázaro hace de la casa del escudero, y señala los paralelismos que detectes:

> «CENTURIO. […] *En una casa vivo cual ves, que rodará el majadero[14] por toda ella sin que tropiece. Las alhajas que tengo es el ajuar de la frontera,[15] un jarro desbocado,[16] un asador sin punta.[17] La cama en que acuesto está armada sobre aros de broqueles,[18] un rimero[19] de malla rota[20] por colchones, una talega[21] de dados por almohada. Que, aunque quiero dar colación, no tengo qué empeñar sino esta capa harpada[22] que traigo a cuestas»*,
>
> (p. 445, *La Celestina*, Castalia Didáctica).

● Aunque aparentemente el estilo del *Lazarillo* es sencillo, aparecen en la novela **recursos estilísticos** complejos, que hemos tratado de «traducirte» en nota a pie de página. Ahora, con ayuda del profesor o de algún libro de consulta, intenta definir estas figuras retóricas:

—— zeugmas. Ej.:

1. «*sacarlo entero no es cosa conveniente, porque verá la falta el que en tanta me hace vivir*» (pág. 56).

2. «*ayudase a su trabajo del mío*» (pág. 77).

---

14 *majadero*: mano de mortero.   15 *el ajuar de la frontera*: es la primera parte del refrán "el ajuar de la frontera: dos estacas y una estera", para indicar la pobreza en que vive.   16 *desbocado*: sin boca; roto por arriba.   17 *sin punta*: sin mango.   18 *broqueles*: escudos.   19 *rimero*: conjunto de cosas una encima de otra.   20 *malla rota*: tela de acero que sirve de armadura, desmenuzada.   21 *talega*: bolsa.   22 *harpada*: rota o rasgada.

3. «*Póngole en las uñas la otra...*» (pág. 77).

— anacolutos. Ej.:

4. «*se acabó de criar mi hermanico hasta que supo andar, y a mí hasta ser buen mozuelo*» (pág. 32).

5. «*Señores, este es un niño inocente y ha pocos días que está con ese escudero, y no sabe de él más que vuestras mercedes, sino cuánto el pecadorcico se llega aquí a nuestra casa...*» (pág. 89).

— paronomasias. Ej.:

6. «*hará falta faltando*» (pág. 60).

7. «*Lazarillo / lacerado*» (pág. 42).

— pleonasmos. Ej.:

8. «*el alguacil dijo a mi amo que era falsario y las bulas que predicaba que eran falsas*» (pág. 95).

— juego de palabras. Ej.:

9. «*me daban alguna cosilla, con la cual muy pasado me pasaba*» (pág. 80).

— antítesis. Ej.:

10. «*el día que enterrábamos, yo vivía*» (pág. 53).

11. «*acabamos de comer, aunque yo nunca empezaba*» (pág. 57).

● Pero de entre todas las figuras, son las antítesis y paradojas los recursos estilísticos más frecuentes (más de veinte).

Con ellas se evidencia el gusto del anónimo por el contraste y por la economía expresiva. Te vamos a presentar diez de ellas, y tú intenta luego clasificarlas por la categoría morfológica y sintáctica de los elementos contrastados: «*mi nuevo y viejo amo*» (p. 32); «*aquel dulce y amargo jarro*» (p. 38); «*lo que te enfermó te sana y da salud*» (p. 38); «*el tiempo que con él viví o, por mejor decir, morí*» (p. 52); «*cerrase la puerta a mi consuelo y la abriese a mis trabajos*» (p. 57); «*cuanto él tejía de día rompía yo de noche*» (p. 59); «*mi trabajosa vida pasada y mi cercana muerte venidera*» (p. 68); «*tan frío de bolsa cuanto estaba caliente del estómago*» (p. 74); «*abajara un poco su fantasía con lo mucho que subía su necesidad*» (p. 79); «*a quien ninguna cosa es escondida, antes todas manifiestas*» (p. 97).

4. Propuesta para trabajar en grupo

Entre todos los compañeros de la clase vamos a confeccionar la «ruta del *Lazarillo*»: Sobre un plano se trazará el itinerario que siguió Lázaro, se señalarán los pueblos por los que pasó y en los que vivió, y se recopilará la siguiente información con ayuda de fuentes diversas (enciclopedias, libros especializados, folletos turísticos, internet…):

a) Un grupo describirá qué le sucedió a Lázaro en cada lugar,

b) otro buscará qué monumentos y obras de arte albergan esas poblaciones,

c) y otro indagará sobre las tradiciones, gastronomía y fiestas que se celebran o son típicas de esas localidades.

Una vez reunido todo el material, se elaborará un dossier de toda la ruta, se encuadernará artesanalmente y se guardará como trabajo conjunto de clase.

5. Rincón de creación literaria

Lázaro tiene un origen muy distinto al héroe por excelencia de las novelas de caballerías, Amadís de Gaula, ya que nace con uno de los mayores estigmas de su época: es hijo de ladrón y de amancebada, tiene por padrastro a un moro y un hermano mestizo; todo su afán será ascender socialmente y «lavar» sus raíces. También en la actualidad hay personas marginadas socialmente por su origen, y algunas intentan «integrarse»:

1. Procura pensar en alguien que reúna características de marginación, e inventa un breve texto en el que él mismo nos cuente, en primera persona, su paso por diferentes trabajos, los problemas afectivos y económicos que debe sortear, la presencia o no de personas solidarias a su alrededor... y, en definitiva, sus ganas de progresar en la escala social.

6. El *Lazarillo* en la red

Son muchas las páginas web dedicadas al *Lazarillo*. Pero puedes comenzar entrando en la página http://www.cervantes virtual.com/ FichaObra.html?Ref=21. En ella, además de la ficha de la novela, puedes participar en un foro y tener acceso a otras direcciones de interés recomendadas, algunas de ellas marcadas por una fuerte impronta personal, y en las que encontrarás datos interesantes de la novela, del género al que pertenece, pasatiempos...

Bibliografía

Bataillon, Marcel, *Novedad y fecundidad del 'Lazarillo de Tormes'*, Salamanca, Anaya, 1968 (2ª ed.: 1973). Comenta la herencia folclórica y tradicional presente en la novela. Sostiene que la sátira anticlerical presente en ella no es erasmista, sino la propia de toda la literatura española desde la Edad Media.

Cañas, Jesús, «Un *Lazarillo* de Medina del Campo: peculiaridades y variantes de una edición desconocida de 1554», en *Anuario de Estudios Filológicos*, XIX (1996). Artículo interesante para conocer detalles filológicos de la edición del *Lazarillo* descubierta en 1992.

Carande, Ramón, *Carlos V y sus banqueros*, Barcelona, Crítica, 1977 (2 tomos). Obra fundamental para conocer la realidad económica de la España imperial, en la que se escribió el *Lazarillo*.

Covarrubias Orozco, Sebastián de, *Tesoro de la lengua castellana o española*, ed. Felipe C.R. Maldonado y Manuel Camarero, Madrid, Castalia, 1995, 2ª ed. Diccionario imprescindible para la lectura de textos clásicos por ser el primero que se hizo de la lengua española (siglo XVII).

García de la Concha, Víctor, *Nueva lectura del 'Lazarillo'*, Madrid, Castalia, 1981. Interpreta la obra desde una óptica literaria. Rechaza que el «caso» sea elemento nuclear de la misma y que la construcción de la novela gire en torno al tema religioso.

Hurtado Torres, Antonio, *La prosa de ficción en los siglos de oro*, Madrid, Playor, 1983. Obra didáctica y de fácil lectura para conocer los rasgos fundamentales de los distintos géneros narrativos de ficción de los siglos de oro.

Lapesa, Rafael, *Historia de la lengua española*, Madrid, Gredos, 1988, 9ª ed. Es uno de los mejores libros que tenemos para conocer la evolución de la lengua española, y los usos léxicos y gramaticales de cada uno de los períodos de nuestra historia lingüística.

Lázaro Carreter, Fernando, *'Lazarillo de Tormes' en la picaresca*, Barcelona, Ariel, 1972 (2ª ed.: 1983, con estudio añadido). Estudio fundamental para entender la novela picaresca y la estructura y significado del *Lazarillo*.

Márquez Villanueva, Francisco, *Espiritualidad y literatura en el siglo XVI*, Madrid, Alfaguara, 1968 (pp. 67-137). Ve claramente la obra como escrita por un autor erasmista.

Molho, Mauricio, *Introducción al pensamiento picaresco*, Salamanca, Anaya, 1972. Trata temas nucleares en el *Lazarillo*, tales como: la situación del clero, el tema de la caridad y el de la honra.

Navarro Durán, Rosa, *'Lazarillo de Tormes' de Alfonso de Valdés*, Salamanca, Semyr, 2002.

————, *Alfonso de Valdés, autor del 'Lazarillo de Tormes'*, Madrid, Gredos, 2003. En ambas la autora, con sólidos argumentos textuales, postula que el anónimo fue Alfonso de Valdés, que «Vuesa Merced» era una mujer, y que la obrita se escribió en la década de los años 30 del quinientos.

Rico, Francisco, *La novela picaresca y el punto de vista*, nueva edición corregida y aumentada. Barcelona, Seix Barral, 2000 (1ª ed.: 1970). Obra fundamental para entender el «caso», la construcción narrativa y la autobiografía del *Lazarillo*.

———, (ed.). *Historia y crítica de la literatura española*, 2, «*Siglos de oro: Renacimiento*», coordinado por F. López Estrada, Barcelona, Crítica, 1980, págs. 340-381.

———, (ed.). Historia *y crítica de la literatura española*, 2/1, «*Siglos de Oro: Renacimiento*», coordinado por F. López Estrada, Barcelona, Crítica, 1991, págs. 158-183.

Ediciones consultadas

Basanta, Ángel, ed., *Lazarillo de Tormes*, Madrid, Anaya, 1985.

Blecua, Alberto, ed., *La vida de Lazarillo de Tormes*, Madrid, Castalia, 1974.

La vida de Lazarillo de Tormes: y de sus fortunas y adversidades; ed. facsímil, estudio introductorio de Jesús Cañas, Salamanca, editado por la Junta de Extremadura, 1997 (1ª ed.: 1996).

Marín, Juan María, ed., *Lazarillo de Tormes*, Zaragoza, Edelvives, 2004.

Morros, Bienvenido, ed., *Lazarillo de Tormes*, Barcelona, Vicens Vives, 2003 (1ª ed.: 1995).

Rey Hazas, Antonio, ed., *La vida de Lazarillo de Tormes*, Madrid, Castalia, 1989.

———, ed., *Lazarillo de Tormes*, Madrid, Alianza, 2000.

Rico, Francisco, ed., *Lazarillo de Tormes*, Madrid, Cátedra, 2003 (1ª ed.: 1987).

Rodríguez, Milagros, ed., *Lazarillo de Tormes*, Madrid, Bruño, 1991.

Valdés, Alfonso de, *La vida de Lazarillo de Tormes, y de sus fortunas y adversidades*, ed. Rosa Navarro Durán, Cuenca, Alfonsípolis, 2003.

————, *La vida de Lazarillo de Tormes, y de sus fortunas y adversidades*, ed. Milagros Rodríguez Cáceres, con introducción de Rosa Navarro Durán, Barcelona, Octaedro, 2003.

Glosario

a fe: expresión que sirve para reafirmar algo.

a recuesta [de alguien]: por los ruegos [de alguien].

a que: con que.

acaso: por casualidad.

acemilero: el encargado de guardar las *acémilas* (mulas), con las que se llevaba el suministro para los soldados.

aceña: molino que mueve el agua de un río.

acordar: determinar, resolver.

acullá: allá.

adestrar: adiestrar, guiar al ciego llevándole a la diestra.

adobar: reparar, arreglar alguna cosa que está estropeada.

adrede: intencionadamente.

agonía: ansiedad.

aguador: oficio que consistía en vender agua potable a los ciudadanos para la consumieran.

aguamanos: agua para lavarse las manos.

ahorrar de: librarse de.

aína: deprisa. // Fácilmente.

aínas: casi.

al pie de: casi.

al tiento: al contacto con algo, al tocar algo.

Alejandre Magno es Alejandro Magno, emperador persa que ha pasado a la historia por su generosidad.

alfámar: cobertor, ropa que se pone sobre la cama.

allende: además.

almodrote: salsa compuesta de aceite, ajos, queso y otras cosas, con la cual se sazonan las berenjenas.

almohaza: cepillo de hierro con el que se limpia la piel de los animales.

almoneda: venta pública de bienes muebles con licitación y puja.

Almorox: localidad situada cerca de Escalona (provincia de Toledo).

a salvo [de alguien]: sin daño [para alguien].

ampolla: vinajera.

Antonio: célebre armero toledano del siglo XV.

apañador: ladrón.

aparejar: preparar, prevenir.

aparejo: prevención de lo necesario para conseguir un fin.

arcaz: arca grande.

arcipreste: cargo eclesiástico.

ardideza: astucia.

armar por de dentro: tender una trampa.

arpar: arañar.

arte: categoría social.

atajar: cortar, interrumpir.

azogue: mercurio (metal que se mueve mucho).

berza: col.

beso: trago.

birrete: especie de bonete o sombrero de color rojo, que usaban magistrados y altos cargos como señal de su posición.

blanca: moneda de poco valor.

bodigo: panecillos hechos de la flor de la harina, que se suelen llevar a la iglesia por ofrenda.

bula: documento papal que concedía beneficios espirituales o eximía del cumplimiento de algunas obligaciones (como el ayuno).

buldero: persona que vendía bulas.

ca: pues [valor causal]. // Y [valor copulativo].

caballeriza: lugar donde se guardaban los caballos.

cabe: junto a.

cabeza de lobo: la ocasión que uno toma para aprovecharse, como el que mata un lobo, que, llevando la cabeza por los lugares de la comarca, le dan todos algo.

cabo: lugar.

caer de su estado: desmayarse, perder el sentido.

calzas: prenda de vestir que cubría de la cintura a los pies.

cámara: habitación.

camarero: criado distinguido en las casas de los aristócratas.

cañizo: cañas de un determinado tamaño que, atadas unas junto a otras, forman una especie de estera que sirve para dormir.

capear: robar las capas.

capuz: capa larga y holgada con capucha.

cardenal: moradura producida por un golpe.

carga [de cereal]: medida equivalente a cuatro fanegas, es decir, a unos 46 kg.

centenario: castigo que consistía en dar cien azotes a aquella mujer que cometía adulterio con un hereje.

cercenar: cortar.

colación: confitura o bocado que se da junto con la bebida.

colodrillo: cogote.

comedirse: adelantarse o anticiparse a hacer algo alguien sin que previamente se le solicite o pida.

Comendador: caballero que tiene "encomienda" ('dignidad', por la que obtiene rentas) en una orden de caballería.

como: cuando.

compasar: distribuir.

concierto: trato.

Conde de Arcos: personaje del romancero.

conservas de Valencia: frutas confitadas (con azúcar y miel), que eran muy apreciadas.

continente: porte, apariencia.

contrahecho: imitado.

conversación: relación sexual.

cornado: moneda de poco valor que se usaba para el cambio.

coro: oficios religiosos.

correr [a alguien]: perseguir.

costal: saco grande donde se transportan cereales, granos u otras cosas.

Costanilla de Valladolid: conocida calle de esta ciudad.

costura: rotura de un tejido.

coxquear: cojear.

criar: crear.

Cuatro Calles: zona céntrica de Toledo.

cuita: dolor, preocupación.

cumplirse: deber.

curar: cuidar, preocuparse de alguien o de algo.

cuyo: de quien.

dar salto: asaltar, robar.

de balde: gratis.

de mejor garganta: menos goloso.

de nuevo: por primera vez.

de yuso: abajo.

dejar a buenas noches: agotar algo.

demediar: partir, dividir en mitades.

desastrar: estar desfavorecido de los astros.

despachar [algo]: consumir[lo].

despidiente: aquello con lo que uno se despide de algo o lo abandona.

desque: después que.

destiento: sobresalto, alteración.

devota: persona que tiene devoción. // Amante de un clérigo (en sentido irónico).

directe e *indirecte* son dos palabras latinas que significan 'directa ni indirectamente'.

discantar: echar el contrapunto. // Hablar mucho sobre algo (en sentido figurado).

do: donde.

docientas: doscientas (forma etimológica).

donos: señores.

durazno: fruta semejante al melocotón.

echacuervo: el que con mentiras engaña a los simples, y les vende productos que dice que tienen grandes virtudes.

en achaque de: con la excusa de.

en dos credos: inmediatamente, muy deprisa.

en junto: al por mayor.

en un credo: enseguida.

en veces: de poco en poco, no todo a la vez.

engastonar: engastar.

enjalma: colchón.

ensalmar: curar con oraciones y ungüentos.

ensangostarse: estrecharse.

ensayo: engaño.

ensilar: meter cereal en un silo. // Metafóricamente, puede significar comer mucho (echar comida en el vientre como si fuese silo).

entender en: ocuparse de algo.

errábades: errábais.

Escalona: localidad de la provincia de Toledo.

escudero: hidalgo encargado de llevar la lanza y escudo de los caballeros. Pertenece a la baja nobleza.

escudillar: distribuir los alimentos en las *escudillas* ('especie de platos').

estada: estancia.

estado: unidad de medida (equivalía a la altura media de un hombre).

estó: estoy.

estrecho [estar puesto en]: estar en necesidad y peligro.

Extremaunción: en la religión católica, sacramento que consiste en la unción con óleo sagrado hecha por el sacerdote a los fieles que se hallan en peligro inminente de morir.

falsopecto: bolsillo que se incorpora en el entreforro del sayo, que cae sobre el pecho, y donde parece estar seguro el dinero más que en la faltriquera ni otra parte.

fardel: saco.

finar: fallecer, morir.

fortuna: suceso agradable. // Desgracia.

frisada: tejido de pelo rizado.

fustán: tipo de algodón.

Galeno: médico griego muy famoso (129-201).

gallofero: vago, que mendiga *gallofas* ('mendrugos') de pan.

gato: cepo.

Gelves: Isla situada en la costa norte de África y contra la que los españoles emprendieron dos expediciones navales: una en 1510 y otra en 1520.

gesto: cara, rostro.

golosinar: comer los manjares sólo por el gusto.

gragea: una especie de confitura muy menuda.

grosero: sencillo, humilde.

guardas: [en las llaves] huecos por donde pasan los hierros figurados de la cerradura, con que la llave mueve el pestillo.

gulilla: epiglotis.

ha: hace.

hacer asiento: establecerse.

hacer perdido algo: dar por perdido algo.

hacer represa: detenerse, pararse.

halda: enfaldo, cavidad que hace la saya para llevar algunas cosas.

harto: mucho.

hender: cruzar.

holgarse: alegrarse.

horca: ristra.

huelgo: respiración y olor procedente del estómago.

huésped: el que hospeda, es decir, el dueño de la posada.

humero: cañón de la chimenea donde se colgaban morcillas, longanizas y otros alimentos que se secan al humo.

industriar: idear, pensar.

instituir: enseñar.

ir a la mano: impedir que alguien haga alguna cosa.

jaez: calidad o propiedad de una cosa.

jerigonza: jerga o manera de hablar de ladrones, rufianes y marginados.

jubón: casaca que se ponía sobre la camisa.

justar: pelear.

lacerado: pobre.

laceria: miseria, poca cosa.

lance: vez, vuelta.

lanzón: arma corta semejante a una lanza.

laudes: oración que se reza al amanecer.

legua: medida de longitud variable. Equivalente, aproximadamente, a algo más de kilómetro y medio.

libra: medida de peso que equivalía, más o menos, a medio kilo de nuestro sistema actual.

librar: pagar.

llegarse: acercarse.

luego: enseguida.

Macías: trovador gallego (siglo XIV), símbolo y modelo de amante.

mal de madre: dolor de la matriz.

malilla: comodín que, en el juego de los naipes, cada uno usa
    como y cuando quiere. // En sentido metafórico, puede
    significar 'criado para todo'.

malsinar: traicionar.

mancilla: lástima, pena que alguien siente por otra persona.

mandil: paño para limpiar caballos.

Maqueda: pueblo cercano a Escalona (Toledo).

maravedí: moneda que equivalía a dos *blancas*.

maravillarse: sorprenderse.

marco de oro: moneda de bastante valor (dos mil cuatrocientos
    maravedís).

medrar: mejorar, tener mejor suerte.

menester: trabajo.

mentar: nombrar.

mercar: comprar.

Merced [la]: era orden religiosa redentora de cautivos. En la época,
    algunos de estos frailes no gozaban de buena reputación.

mesmo: mismo.

mesón de la Solana: se encontraba ubicado en lo que es hoy
    Ayuntamiento de Salamanca.

mi fe: a fe mía.

misa mayor: misa solemne.

mochacho: muchacho.

mofador: que se burla o mofa de otro.

molienda: acción de moler granos de cereales.

moreno: negro.

mosto: zumo de la uva.

mudar: cambiar.

mujercilla: mujer de mala reputación.

no me cato: de repente.

nonada: algo que no tiene importancia.

nueva: noticia.

oblada: pan.

oficial: persona que ejerce un oficio.

oficio real: oficio al servicio de la administración local o del rey.

ordinario: el gasto que uno tiene para su sustento cada día.

otro día: al día siguiente.

Ovidio: poeta latino, autor, entre otras obras, de *Ars Amatoria* ("arte de amar").

paletoque: especie de capote que llegaba hasta las rodillas, y era sin mangas.

pañizuelo: pañuelo.

paño de pared: tapiz.

papar aire: metafóricamente, vale estar embelesado, o sin hacer nada, o con la boca abierta.

par de: junto a.

pariente: perteneciente a la familia. // Alguien con el que se mantiene trato carnal.

pasión: dolor, enfermedad.

paso: por lo bajo.

Penélope era la mujer de Ulises. En la *Odisea* se nos narra cómo desdeñaba a los pretendientes que la asaltaban diciéndoles que cuando tuviera una tela que tejía totalmente acabada accedería a sus demandas amorosas. Pero lo que tejía de día lo deshacía de noche: así pudo esperar a su amado esposo.

pera verdinial: pera verdiñal, es decir, la que sigue siendo verde cuando está madura.

pesquisa: averiguación.

planto: llanto.

Plinio el Joven: escritor latino (61-114 d. C.). También fue un buen orador.

podenco: perro rastreador.

por contadero: por cuentagotas, uno a uno.

por tasa: poco a poco.

porquerón: el encargado de administrar justicia y llevar los delincuentes a la cárcel.

postrer: último.

presentado: teólogo que espera ser ascendido en su carrera.

presentar: regalar.

presto: deprisa.

pringar: forma de castigo consistente en poner tocino caliente en las heridas que se hacían al azotar a una persona.

puente en lengua clásica tenía género femenino.

punir: castigar.

quebrar: romper.

real: moneda de plata (equivalía a 34 maravedís).

recámara: lugar de la casa donde se guardan los bienes y riquezas.

recebir: recibir.

recordar: despertar.

recuero: arriero.

recuesta: conversación amorosa.

rehacer la chaza: volver a jugar a la pelota, es decir, volver a hacer lo que se había deshecho.

repelarse: hacerse pequeñas heridas en la piel.

retraído: delincuente (llamados así porque se encerraban —*retraían*— en las iglesias para no ser apresados).

reverenda: carta por la que, previo pago, un obispo autorizaba a alguien a recibir órdenes sagradas, aunque tuviera escasos estudios.

reverendo: clérigo que debía el mérito de serlo a las *reverendas*.

rezumar: gotear.

rifar: pelear.

rostros: labios.

saber de coro: saber de memoria.

saludador: hombre que con su saliva era capaz de curar a los animales de la rabia, para lo cual debía beber mucho.

salvado: cáscara del cereal.

Sagra [la]: zona al nordeste de Toledo.

San Salvador: pequeña parroquia de Toledo.

sangría: pequeño hurto. Robo.

Santo Tomás: es uno de los teólogos de más influencia en la iglesia medieval.

sartal: manojo.

sayete de armas: sayo pequeño que se llevaba colocado bajo la armadura.

sazón: ocasión.

sentir: oír.

ser [alguien] *en cargo* [a otro]: ser su deudor.

ser para en cámara: ser educado.

sermones de Pasión: los que se predican durante la Semana Santa.

servir de pelillo: ayudar a alguien en cosas de poca importancia.

simplemente: inocentemente.

sisar: robar.

so: debajo de.

sotil: sutil, pequeño.

tajo: tronco de madera para sentarse.

talabarte: cinturón del que cuelga la espada.

tener: mantener, guardar.

teniente cura: sustituto del cura.

terciana: enfermedad febril que aparecía de tres en tres días.

ternía: tendría.

tesoro de Venecia: frase hecha para significar 'mucha riqueza'.

toda vía: siempre.

tolondrón: chichón, golpe.

Torrijos: pueblo de la provincia de Toledo.

trabajo: esfuerzo.

trasgo: fantasma o espíritu malo que toma alguna figura, o humana o la de algún animal, y que suele revolver las cosas de la casa.

trastornar: revolver.

trebejar: jugar.

trepa: adorno, orla.

Tripería: calle donde había puestos de venta, entre otros, de despojos de animales.

trocar: cambiar.

tronchos: tronco de vegetal.

truhán: quien vive de hacer gracias y bromas.

trujo: forma arcaica por 'trajo'.

Tulio Cicerón (Marco): fue un orador y político romano (106-43 a.C.).

turar: durar.

uña de vaca: mano o pie de esta res después que se corta para la carnicería.

valladar: cerco de estacas, valla.

vee: ve.

vezado: acostumbrado.

vía: veía.

vido: vio.

vivienda: estilo de vida.

¡vótote a Dios!: ¡te juro por Dios!

Procedencia
del texto

De las cuatro ediciones más antiguas que hasta ahora se conocen del *Lazarillo*,[1] he optado por seguir aquí la de Burgos, con ayuda en algunos momentos de la Medina del Campo (que es muy próxima a ella), ya que la mayoría de los críticos consideran que tanto el texto de Burgos como el de Medina son los menos enmendados y más próximos al original perdido.

Para facilitar la lectura de este texto clásico, señalo en nota a pie de página aclaraciones léxicas, pasajes de compleja interpretación, y acontecimientos y nombres relevantes. Asimismo, modernizo la puntuación, la acentuación y la ortografía (*extendía*, en lugar de *estendía*; *tratado*, en lugar de *tractado*...), incluso deshago contracciones (*de esta*, en lugar de *desta*), asimilaciones (*tomarle*, en lugar de *tomalle*) o metátesis (*castigadlo*, en lugar de *castigaldo*); y únicamente respeto

---

[1] *La vida de Lazarillo de Tormes, y de sus fortunas y adversidades*, Burgos, 1554, Juan de Junta.

———, Amberes, 1554, Martín Nucio.

———, Alcalá, 1554, Salcedo.

———, Medina del Campo, 1554, Mateo y Francisco del Campo.

rasgos lingüísticos de época: vacilaciones vocálicas (*mesmo* / *mismo*), imperativos apocopados (*mirá*) o peculiaridades morfosintácticas, tales como: géneros distintos a los actuales (*la puente*), anteposiciones del pronombre al verbo (*le hacer mal*), formas verbales arcaicas (*trujo, teníades*) o diferentes en su uso a las actuales (*mojamos*, por *mojábamos*).

Por último, sólo me cabe señalar que esta edición debe mucho a todas las anteriores, y especialmente a aquellas que expresamente cito en la bibliografía.

La editora

María Teresa Otal Piedrafita
es licenciada en Filología Hispánica, y profesora titular
de Lengua y Literatura Castellana. Versó su tesis de licen-
ciatura sobre las *Obras mayores* de Cristóbal de Catillejo,
y obtuvo el grado de doctora por el estudio, anotación y
edición crítica de dos comedias de Tirso de Molina. Ha
participado como ponente en el Congreso Internacional
«Coloquios del Griso» sobre *El ingenio cómico de Tirso de
Molina* (abril de 1998). También ha publicado, junto con
otros docentes, estudios sobre didáctica de la literatura,
sobre la lengua aragonesa y sobre el comentario de textos, además de algunas colaboraciones en revistas espe-
cializadas. En esta colección ha realizado la edición de
La dama duende de Calderón, *La vida de Lazarillo de
Tormes*, *La Celestina* de Fernando de Rojas y *El caballero
de Olmedo* de Lope de Vega.

Este libro se terminó
de imprimir el día
28 de mayo de 2020